Deseo

D1506752

Sin vuelta atrás

KATE HARDY

WITHDRAWN

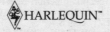

HARLEQUIN™

Editado por HARLEQUIN IBÉRICA, S.A.
Núñez de Balboa, 56
28001 Madrid

I.S.B.N.: 978-84-9000-029-8
Depósito legal: B-15824-2011
Editor responsable: Luis Pugni
Preimpresión y fotomecánica: M.T. Color & Diseño, S.L.
C/ Colquide, 6 portal 2 - 3º H. 28230 Las Rozas (Madrid)
Impresión en Black print CPI (Barcelona)
Fecha impresion para Argentina: 19.12.11
Distribuidor exclusivo para España: LOGISTA
Distribuidor para México: CODIPLYRSA
Distribuidores para Argentina: interior, BERTRAN, S.A.C. Vélez
Sársfield, 1950. Cap. Fed./ Buenos Aires y Gran Buenos Aires,
VACCARO SÁNCHEZ y Cía, S.A.
Distribuidor para Chile: DISTRIBUIDORA ALFA, S.A.

Capítulo Uno

–Matt llamó a primera hora de la mañana. Sus hijos le han contagiado algo y está enfermo... dice que no cree que pueda volver hasta el viernes, como poco –le explicó Judith en tono de disculpa.

Era preferible que el jefe del departamento legal se quedara en casa en lugar de ir a trabajar y transmitirles el virus a todos sus compañeros. Jake no tenía ningún inconveniente con que faltara. No se molestó en preguntar por Adam porque sabía perfectamente dónde estaba la mano derecha de Matt; disfrutando el permiso de paternidad.

Bebés y niños por todas partes.

Excepto...

Apartó aquel pensamiento de su mente. Debía buscar una alternativa a Matt.

–Eso nos deja a Lydia y a Tim.

–Han salido los dos a comer. Lo siento –añadió su secretaria.

–Deja de disculparte, no es culpa tuya –Jake frunció el ceño.

Podría aplazar el viaje a Noruega, pero prefería solucionar aquel asunto cuanto antes y, de los miembros del departamento legal que quedaban... A Tim se le daba bien hablar, pero carecía de la experiencia y de los conocimientos de Lydia, y quizá fuera demasiado ansioso. Jake necesitaba alguien tranquilo, una persona segura de sí misma, alguien que prestara atención a todos los detalles.

–Supongo que tendrá que valerme Lydia. Dile que venga a verme en cuanto vuelva de comer, por favor.

–Sí, señor Ande…

–Jake –la interrumpió suavemente–. No quiero formalidades en Andersen –era el primer cambio que había hecho tras la jubilación de su padre, cuando había ocupado el cargo de director general de la empresa; abandonar tanta formalidad y abrirse un poco a los nuevos tiempos. Pero, casi dos años más tarde, algunos de los empleados aún no habían conseguido acostumbrarse a llamar al jefe por su nombre de pila.

–Sí… Jake –corrigió la secretaria.

–Gracias, Judith –le dedicó una ligera sonrisa y volvió a su despacho.

«Supongo que tendrá que valerme Lydia».

Aquello lo decía todo.

Y lo cierto era que dolía, por mucho que Lydia supiera que era un comentario justo. Jakob Andersen estaba al corriente de lo que ocurría en todos y cada uno de los departamentos de la empresa, de lo que era capaz cada uno de sus empleados, de lo que funcionaba y de lo que no y de lo que era necesario cambiar. Antes de convertirse en director general, había pasado seis meses en cada departamento, por lo que sabía bien lo que se hacía en cada sección de la compañía y las dificultades a las que se enfrentaban los trabajadores. Todos aquéllos que habían estado tentados de afirmar que había conseguido el puesto sólo por ser el hijo del jefe habían tenido que cambiar de opinión. Jake no era de los que delegaban y se pasaban el día sin hacer nada; era una persona que se preocupaba por ver qué había que hacer y, si era necesario, se arremangaba y se ponía a hacerlo él mismo.

Así que seguramente ya se había dado cuenta de que Lydia Sheridan no estaba hecha para ser abogada de una gran empresa. Tenía la formación y la experiencia necesarios, lo que no tenía era el espíritu agresivo que requería aquella profesión.

Llevaba años engañándose a sí misma. Intentando ser la hija que sus padres querían, la persona que todo el mundo quería que fuese. Pensó entonces que quizá había llegado el momento de dejar de intentarlo y limitarse a ser ella misma.

Iría a ver a Jake, pero tenía la impresión de que a su jefe no iba a gustarle lo que iba a decirle. Porque Lydia Sheridan no iba a «valerle» en absoluto.

–Ah, Lydia, que bien que hayas vuelto –dijo Judith en cuanto la vio entrar. El director quiere verte lo antes posible.

–Muy bien –Lydia forzó una sonrisa, pues Judith no tenía la culpa de que ella no estuviera hecha para aquel trabajo, así que no iba a pagar su frustración con la secretaria–. Ahora mismo voy.

Encontró la puerta del despacho de Jake abierta de par en par, pero llamó de todos modos.

Él levantó la mirada de su mesa.

–Pasa y siéntate.

Como de costumbre, Lydia se descubrió observándolo, deseando agarrar un lápiz y un papel y ponerse a dibujarlo. Jakob Andersen era sencillamente hermoso. Aquellos penetrantes ojos azules pedían, no, exigían, atención y, unidos a su cabello oscuro y a su piel pálida de hombre nórdico, lo hacían absolutamente impresionante. Bien era cierto que quizá tenía la cara demasiado delgada y que las ligeras sombras que se adivinaban bajo sus ojos hacían pensar que se exigía demasiado. Desde que, hacía dieciocho meses, había puesto fin a los dos años sabáticos que se había tomado, sus jornadas de trabajo eran exageradamente largas. Por lo que había oído Lydia, siempre era el primero en llegar a la oficina y el último en marcharse.

¿De qué estaría huyendo?

No, eso no era asunto suyo. Además, no podía permitirse estar pensando en las musarañas. Jake la había hecho llamar y eso, sin duda, significaba que quería que resolviera algún asunto legal.

Ocupó la silla que él le había señalado.

—Judith me ha dicho que querías verme.

—Mañana debo irme a Noruega a ocuparme de algunos contratos y necesito que vengas conmigo.

Directo al grano.

Pero… aquello no encajaba. No, después de lo que le había oído decirle a Judith. Dado el motivo por el que había decidido ir a verlo, Lydia no tenía por qué andarse por las ramas y entretenerse en formalismos; podía ser tan directa como él.

—Me necesitas.

Jake frunció el ceño al percibir el sarcasmo en su voz.

—Sí.

—La verdad es que me cuesta creerlo.

—¿Qué quieres decir? —preguntó, con el ceño aún más fruncido.

—Te oí decir que yo tendría que valerte.

Jake se recostó sobre el respaldo de la silla y se pasó la mano por el pelo.

–Comprendo.

Al menos no lo negaba.

–En realidad no quería decir eso.

–¿No?

–No. Admito que no fuiste mi primera opción –dijo–. Yo había previsto ir con Matt, pero está enfermo y Adam, de permiso. Ellos dos ya se han enfrentado a este tipo de trabajo, además Matt habla noruego, lo que nos habría ahorrado mucho tiempo. Pero no importa, yo te traduciré.

–No será necesario.

–¿Hablas noruego?

–No. Iba a venir a verte de todos modos –le dijo con voz tranquila–. A entregar mi dimisión.

Jake parpadeó, visiblemente sorprendido.

–Porque tienes razón. No estoy hecha para ser abogada de una gran empresa.

–Yo no he dicho eso. Ni mucho menos –la miró fijamente–. Lydia, tu trabajo siempre es muy meticuloso.

Por supuesto que lo era. Era una cuestión de orgullo. El problema no era su trabajo. Era ella.

–Yo no soy como Tim… no estoy ansiosa por triunfar.

–Tim no es el tipo de abogado que necesito para este trabajo. Necesito alguien más tranquilo.

¿Qué? ¿No se suponía que los grandes abogados debían ser enérgicos y estar dispuestos a todo por conseguir el éxito?

–¿Qué quieres decir? –le preguntó con cautela.

–Necesito alguien capaz de evaluar la situación rápidamente y elegir la táctica que debe utilizar en cada momento. En Noruega no se consigue nada con presión. Necesito alguien tranquilo y competente, capaz de ir al grano, a los hechos, y pueda hacer frente a los compromisos –aseguró, enumerando todos y cada uno de los requisitos necesarios–. Alguien directo. Por lo que me ha dicho Matt de ti, puedes hacer todo eso, de otro modo no estarías trabajando en Andersen's –la miró a los ojos. Tu problema es que te falta confianza.

¿Cómo lo sabía? Jake había estado algún tiempo trabajando en el departamento legal, pero eso había sido antes de que ella entrase en la empresa. Lydia sólo había trabajado con él junto a su equipo legal, nunca a solas.

Antes de que pudiera decir nada, él habló de nuevo:

–Eres lo bastante buena para hacer este trabajo, así que no pienses lo contrario. Tienes que estar más segura de ti misma. Voy a decirle a Adam que lo añada a tu lista de objetivos.

Profesional y directo. Lydia se sintió arrollada y no era así como había querido que fuese la conversación. No era así en absoluto. Jake pensaba que le había dado miedo, pero eso no era todo.

–Venía a presentar mi dimisión –le recordó.

–Lo sé. Pero no la acepto. Aparte de que en estos momentos el departamento legal está bajo mínimos y, si te dejara marchar, quedaría en una situación muy comprometida… tú haces muy bien tu trabajo. No hay motivo alguno para dimitir –apoyó los codos en la mesa y volvió a mirarla a los ojos–. A menos que hayas recibido una oferta mejor de otra empresa.

Era la oportunidad perfecta para negociar un aumento de sueldo; podía decir que le habían ofrecido más dinero y más vacaciones en una empresa de la competencia, Jake tendría que igualar la oferta.

Pero… ella no era así.

No se trataba de ganar más dinero.

Se trataba de afrontar de una vez algo que había sabido incluso antes de aceptar el empleo. Debía encontrar su lugar. Sabía que no era el mejor momento para hacerlo, ¿qué persona en su sano juicio dejaría un trabajo estable para seguir un sueño en medio de una recesión?

Pero Lydia no tenía a nadie que dependiera de ella y sí algunos ahorros.

Se las arreglaría.

–No, no he recibido una oferta mejor –respondió en voz baja. Al menos no era «mejor» en el sentido en que lo entendería cualquier hombre de negocios.

Jake la miró con preocupación.

–¿Tienes algún problema que no me hayas contado? ¿No estarás sufriendo acoso de ningún tipo?

–No, claro que no –Tim le resultaba un poco pesado, pero le gustaba trabajar con Matt y con Adam.

–Entonces no veo motivo alguno para que dimitas, aparte del hecho de que te estás subestimando.

Quizá fuera cierto, y ése era el motivo por el que se había convertido en abogada. En muchos sentidos, a pesar de haber requerido muchos años de trabajo, había sido la opción más sencilla. Había sido más fácil que ser testaruda y empeñarse en hacer lo que realmente quería en la vida. Pintar. Hacía años que quería pintar, pero cuando les había dicho a sus padres que quería estudiar Arte, ellos no se lo habían tomado nada bien. ¿Cómo iba a querer ser pintora la hija de dos importantes abogados, y vivir humildemente, haciendo un trabajo con el que ni siquiera podría pagar el alquiler? Les había parecido ridículo. Tampoco habían querido hacer caso a su profesora de arte.

Lydia había tratado de complacerlos. Había estudiado Historia, Económicas y Derecho, y había terminado con unas notas magníficas. Después había seguido formándose como abogado y, una vez acabados sus estudios, había conseguido trabajo como abogada.

Y el dibujo había seguido siendo un secreto que compartía con su madrina, Polly.

—No quiero seguir siendo abogada –dijo.

Jake volvió a recostarse y la miró.

—¿Estás desengañada con tu trabajo? Suele pasar.

Parecía comprenderlo… y eso era algo que Lydia no esperaba. ¿Así que Jake conocía a otras personas que habían llegado a un momento en el que ya no les gustaba lo que hacían?

Jake habló como si estuviera respondiendo a esa pregunta que Lydia no había hecho en voz alta.

—Yo también he pasado por eso –por un momento apareció algo en sus ojos, algo que ocultó antes de que ella pudiera verlo–. La solución es encontrar un nuevo desafío que te devuelva el amor al trabajo, y creo que este viaje podría serlo.

—¿Y si no es así?

—Haz este trabajo por mí –le pidió–, y si después sigues sintiendo lo mismo, aceptaré tu dimisión… con fecha de hoy.

Era una oferta razonable. ¿Qué importaban unos días más?

—De acuerdo.

Jake miró la hora.

–Estupendo. Pensemos en la ropa, entonces –la miró de arriba abajo–. Vamos al sur de Noruega, así que no hará tanto frío como en el norte, pero de todos modos necesitarás unas botas y un buen abrigo… ¿tienes?

Estaba claro que no le gustaba hablar por hablar. De hecho aquélla era la conversación más larga que había tenido Lydia con él. En los tres años que llevaba trabajando en Andersen's era la primera vez que se reunía a solas con él, pero en las presentaciones y reuniones a las que había asistido junto a Matt o Adam, siempre le había parecido tan directo e incisivo como ahora.

–¿Abrigo y botas? –repitió, enarcando las cejas.

Estupendo, ahora pensaba que tenía la capacidad de concentración de un mosquito.

–Sí, tengo abrigo y botas.

–Estupendo.

–¿Cuánto tiempo vamos a estar fuera?

–Hasta el viernes… claro que, si se complicaran las cosas, tendríamos que trabajar el sábado por la mañana y volver el domingo. ¿Has estado ya en Noruega?

–No. La verdad es que siempre he querido ir para ver los fiordos y la aurora boreal –confesó. No le importaría retratar sobre el lienzo la luz pura y limpia de los países nórdicos.

Jake la miró con gesto pensativo.

–Si quieres quedarte unos días después para hacer un poco de turismo, puedo pedir que te compren un billete de avión con el regreso abierto. Andersen's correrá con la cuenta del hotel para compensarte por tener que trabajar hasta tarde y el fin de semana.

Era una oportunidad que no pensaba desaprovechar.

–Gracias. Te lo agradezco mucho, pero será mejor que llame a Matt para asegurarme de que puedo tomarme unos días de la semana que viene.

–Claro. Le diré a Ingrid que prepare el viaje y te mantendré informada.

Eso ponía fin a la reunión de una manera correcta, pero directa. Lydia sonrió y salió del despacho.

Después de que Lydia se marchara, Jake no podía volver a concentrarse en el trabajo; cada vez que miraba la pantalla del ordenador, lo único que veía era el rostro de Lydia.

A primera vista, Lydia Sheridan parecía la abogada perfecta para cualquier empresa, con su traje de chaqueta, su cabello castaño perfectamente peinado y ese maquillaje que apenas se notaba y con el que uno se daba cuenta de que no intentaba valerse de sus encantos femeninos sino que era una mujer seria.

Jake estaba seguro de que podía hacer bien aquel trabajo; Matt le había dicho muchas veces que Lydia se daba cuenta de ciertos detalles que a mucha gente se le escapaban.

Pero ella misma lo había dicho: «No quiero seguir siendo abogada».

Jake conocía bien aquellas encrucijadas, esos momentos de la vida en los que uno se preguntaba si había perdido el tiempo durante años haciendo algo que ya no quería seguir haciendo. Ese momento en el que uno se preguntaba qué quería hacer realmente.

Él siempre había seguido su propio consejo; seguir adelante buscando un nuevo desafío, algo por lo que luchar, algo que le impidiera seguir haciéndose preguntas. Prefirió no pensar en que él todavía no había encontrado ese nuevo desafío, ni en que se pasaba el día trabajando sólo para no tener que pensar en lo que realmente quería… y en lo fuera del alcance que lo tenía.

Jake meneó la cabeza y volvió a centrarse en aquel montón de cifras, pero entonces oyó el sonido que anunciaba que tenía un nuevo correo electrónico. Su secretaria ya tenía los billetes de avión y el alojamiento.

Debería haberle pedido a Ingrid que le enviara todos los detalles a Lydia, pero aún tenía que informarla sobre el negocio que iban a cerrar a Oslo. Algo que podría haber hecho perfectamente por correo, o por medio de Ingrid. Sin embargo, unos segundos después se encontró caminando hacia el departamento legal con los documentos en la mano.

Lydia levantó la mirada de su escritorio justo en el momento en que él entraba en la enorme sala sin tabiques donde trabajaban los integrantes del departamento.

—Puede que te venga bien leer esto antes de mañana —le explicó al tiempo que le daba la carpeta—. Es la información sobre el contrato que estamos ultimando con la empresa de Nils Pedersen en Oslo. Llámame si tienes alguna pregunta. Esta noche tendré el teléfono móvil encendido en todo momento.

—De acuerdo —respondió con total tranquilidad.

Jake supo en ese momento que no iba a llamarlo.

Debería haber vuelto a su despacho de inmediato, en lugar de quedarse allí intentando averiguar a qué perfume pertenecía aquella suave fragancia. En lugar de preguntarse si sus labios serían tan suaves como parecían.

–¿Pudiste aplazar las reuniones que tenías programadas para los días que vamos a estar fuera?

Lydia asintió.

–Sin ningún problema.

–¿Y has hablado con Matt?

–Sí. Dice que puedo tomarme toda la próxima semana porque él ya habrá vuelto.

–Estupendo. Entonces nos vemos en el aeropuerto mañana a las nueve y media.

–Allí estaré.

Se comportaba de un modo frío y profesional, como una abogada tranquila y eficiente. Pero Jake tenía la sensación de que en realidad llevaba una especie de máscara, tan lograda como la que llevaba él. Y se preguntó qué podría hacerla resplandecer.

En cuanto se dio cuenta del rumbo que estaban tomando sus pensamientos, se apartó de ellos bruscamente. No. Ya no hacía esas cosas. Ahora la principal motivación de su vida era el trabajo y no tenía la menor intención de estropearlo todo teniendo una aventura con una mujer con la que trabajaba.

Además, Lydia Sheridan no parecía el tipo de persona que tenía aventuras, y eso era lo único que él podía ofrecerle. Jakob Andersen, heredero de una importante dinastía naviera y director general de Andersen Marine, no podía ofrecerle ningún futuro a ninguna mujer. Lo único que podía ofrecer era su dinero.

Pero eso no bastaba.

Capítulo Dos

Cuando Lydia llegó a la sala de embarque al día siguiente a las nueve y veinticinco de la mañana, Jake ya estaba allí, con el tobillo derecho apoyado en la rodilla izquierda para proporcionarse una mesa improvisada sobre la que tenía varios papeles. Llevaba un bolígrafo en la mano derecha y el teléfono móvil en la izquierda y parecía tener la situación bajo control.

No era de extrañar que todas las mujeres que pasaban le dedicaran miradas de admiración. La seguridad en sí mismo que transmitía resultaba increíblemente sexy.

Por no hablar de su boca y su…

Lydia meneó la cabeza, horrorizada, al darse cuenta de que estaba imaginándose acercarse a Jake y besarlo hasta dejarlo sin sentido. Además del hecho de que era su jefe, y por tanto estaba completamente fuera de su alcance, a los veinte años, Lydia había decidido alejarse de las relaciones serias.

Desde que había estado saliendo con un humilde artista al que su padre había pagado para que se alejara de ella, una transacción que Lydia había presenciado a escondidas por casualidad.

Había supuesto un terrible desengaño. Hasta aquella fatídica tarde, había estado pensando seriamente en abandonar la universidad y dejarse llevar por los dictados de su corazón, incluso sabiendo cuánto habría decepcionar a sus padres. Eso habría significado estar con el hombre al que amaba y ganarse la vida con lo que realmente le gustaba hacer. En ese momento no le había importado que Robbie y ella no fueran a tener ni un penique; Lydia había tenido la certeza de que juntos encontrarían la solución, porque formaban un buen equipo. Había estado tan segura de que Robbie la amaba tanto como ella a él.

Hasta que había escuchado aquella conversación.

Y había comprobado que Robbie ni siquiera había titubeado un segundo antes de aceptar el cheque de su padre.

Esa misma noche había roto con ella, tal y como le había prometido a su padre. La había mirado a los ojos y le había dicho que lo sentía enormemente, pero que se había enamorado de otra mujer.

Una vil mentira. La culpa no había sido de otra mujer.

Sino del dinero.

Lydia respiró hondo. Aquello era el pasado y ahora estaba en el presente. Pero lo cierto era que desde entonces no se había permitido volver a confiar en nadie. Durante un año y medio después de lo de Robbie no había hecho otra cosa que estudiar, había trabajado con todas sus fuerzas para licenciarse con matrícula de honor, lo que le había valido para recibir numerosas ofertas para empezar a trabajar en prácticas. Por supuesto que había salido con otros hombres después de salir de la universidad, sabía que de no haberlo hecho, su mejor amiga, Emma, se habría empeñado en buscarle novio, pero Lydia siempre se había asegurado de que no fuera nada serio; cuando llevaba saliendo con alguien media docena de veces llegaba el momento de decirle amablemente que creía que sería mejor seguir como amigos.

¿Cuándo había sido la última vez que había sentido semejante atracción? ¿Cuándo había sentido el deseo de tomar el rostro de un hombre entre las manos y besarlo en la boca hasta que los dos quedaran sin aliento, sin importarle que se encontraran en un lugar público?

Ni siquiera lo recordaba.

Lo que sí sabía era que Jakob Andersen no era la persona adecuada para sentirlo. Era su jefe, así que aquello no tenía ningún futuro.

Claro que el hecho de que estuviera planeando hacer algunos cambios importantes en su vida significaba que iba a dejar de ser su jefe... Pero esos cambios también significarían que no iba a tener tiempo para nada más. Así pues, no tenía ningún sentido empezar nada.

Se puso recta, dibujó en su rostro una sonrisa que realmente no sentía y fue a sentarse junto a él.

Jake la saludó con un movimiento de cabeza y un gesto con el que le pidió que esperara un momento.

—Buenos días —le dijo unos segundos más tarde, después de haber puesto fin a su conversación telefónica—. Gracias por ser tan puntual.

Entonces le sonrió y Lydia tuvo que sentirse agradecida de estar sentada porque le temblaron las rodillas.

«Estúpida, estúpida, estúpida».

Jake observó sus botas detenidamente.

—¿Son impermeables? —le preguntó.

—Son de cuero.

—Se te van a estropear en menos de un día —hizo

un gesto con la mano–. No importa, te compraremos algo más adecuado en cuanto lleguemos. Al menos el abrigo que llevas sí está bien.

–No deja pasar el viento.

La miró de soslayo, esbozando una sonrisa irónica.

–¿Y tú cómo lo sabes?

–Mi mejor amiga me obligó a ponerlo a prueba con un largo paseo por la costa. En el norte de Inglaterra hace mucho viento y mucha humedad –Lydia enarcó una ceja–. ¿Estás seguro de que necesitas que te acompañe un abogado? Parece que se te da muy bien interrogar a la gente.

Jake se echó a reír.

–Supongo que es la costumbre. Lo siento. ¿Quieres un café?

–¿Me da tiempo a tomarlo antes de embarcar?

Lydia se sorprendió al ver que él agarraba todos los papeles y los guardaba en el maletín.

–Quédate aquí y yo iré por ellos… ¿Qué quieres?

–Café con leche, por favor. Pero espera, ¿no debería ser yo la que fuera?

Jake se puso en pie.

–¿Por qué?

–Porque eres el director de la empresa y yo tú subordinada.

–Somos compañeros de trabajo –corrigió él–, así que nos turnaremos para ir a por los cafés –el tono en que lo dijo no dejaba lugar a discusiones–. ¿Quieres comer algo?

–No, gracias.

Lo vio alejarse con paso elegante e increíblemente sexy y sintió el deseo de dibujarlo.

De tocarlo.

«Cálmate», le ordenó a su libido en silencio. No era el momento, ni el lugar, ni el hombre adecuado.

Volvió con los cafés y unas galletas de jengibre.

–Estaban recién salidas del horno. Puedo compartirlas, pero tampoco voy a decirte nada si no quieres.

–¿Son tu debilidad? –adivinó Lydia.

–Supongo que es culpa de todas las mañanas de sábado que pasé en la cocina de mi abuela, en Noruega –explicó con una sonrisa pícara.

Aquella sonrisa hizo que pareciera más joven y que a Lydia se le estremeciera el corazón. En su lado más profesional, Jakob Andersen era guapísimo, pero con ese toque bromista era sencillamente impresionante.

Sus dedos se rozaron al agarrar el café, lo que le provocó un escalofrío que le recorrió la columna vertebral. Sólo esperaba que él no lo hubiera notado; lo último que necesitaba en esos momentos era más complicaciones.

Un último trabajo y entonces podría dimitir y seguir con su vida tal como quería que fuese. Eso era lo que habían acordado.

–¿Te importa? –le preguntó él al tiempo que volvía a sacar el teléfono móvil del bolsillo de su chaqueta.

–No, adelante. Yo también debo ocuparme de algunas cosas –debía revisar su correo electrónico en su BlackBerry.

–Estupendo. Agarra todas las galletas de jengibre que quieras.

Pero Lydia no se atrevió por miedo a echar mano a la bolsa al mismo tiempo que él y volver a rozarle la mano, pues corría el riesgo de decir las locuras que se le estaban pasando por la cabeza.

No tenía ningún sentido. Jakob podía perfectamente tener pareja y lo que menos necesitaban antes de irse de viaje de trabajo juntos era sufrir una situación tan incómoda.

Una molesta vocecilla le dijo entonces que ninguna mujer soportaría que su novio trabajara tantas horas como lo hacía Jakob Andersen, así que seguramente estaría soltero y sin compromiso.

Pero prefirió no hacer caso. Por lo que a ella respectaba, Jakob estaba completamente fuera de su alcance, y así seguiría estando.

Lydia apenas había conseguido controlarse cuando llegó el momento de subirse al avión. Jake se puso de inmediato a leer documentos y Lydia sabía que debería haber hecho lo mismo, pero estaba sentada en el asiento de la ventana y no podía dejar de admirar el paisaje que le ofrecían las nubes vistas desde arriba. Con una rápida mirada comprobó que Jake estaba completamente absorto en el trabajo, así que sacó el bloc de dibujo y un estuche de lápices que siempre llevaba en el bolso y empezó a dibujar. Su mano se movía con rapidez sobre el papel.

Fue entonces cuando se dio cuenta de lo que estaba dibujando. No eran las nubes, sino la imagen que tenía en mente.

Jake.

Cerró el bloc rápidamente y se lo metió en el bolso. Mientras intentaba disipar el rubor de sus mejillas decidió que sería mejor concentrarse en el trabajo. Así pues, abrió la carpeta de documentos y trató de prestar atención a las palabras que tenía delante.

***

Jake vio el repentino rubor que había aparecido en las mejillas de Lydia. ¿Qué la habría hecho sonrojarse de ese modo?

De pronto se dio cuenta de que deseaba horriblemente ver sonrojarse toda su piel en una situación muy distinta a aquélla. Una situación en la que tuviera la respiración acelerada y los ojos abiertos de par en par, llenos de deseo, y la boca entreabierta y...

No.

Aparte de que jamás salía con nadie del trabajo porque creía que mezclar los negocios y el placer siempre acababa provocando algún desastre, no estaba bien tener ese tipo de pensamientos. Era posible que Lydia tuviese una relación seria. No llevaba ningún anillo, pero eso no significaba nada.

Aunque había oído a Tim referirse a ella como «la reina del hielo», como si nunca saliera con nadie.

La reina del hielo. Ja. Una prueba más de que a Tim aún le quedaba mucho por madurar. Sólo con mirarla, Jake sabía que en ella no había nada de hielo. Su boca era ardientemente sensual, tanto que cualquier hombre desearía acariciarla.

Y saborearla.

Empezaba a pensar que quizá habría sido mejor llevarse a Tim en lugar de a Lydia porque era la primera mujer que hacía que se sintiera tentado después de Grace... y no sabía muy bien cuánto tiempo podría resistirse a la tentación.

El avión aterrizó dos horas más tarde. Estaba lloviendo, por lo que Lydia se alegró de tener un abrigo tan bueno.

–En Noruega dicen que Dios hizo el país tan hermoso que tiene que lavarlo todos los días –le dijo Jake como si le hubiera leído el pensamiento mientras iban corriendo desde el avión a la terminal. Oslo es muy bonito de noche, cuando las luces se reflejan en el suelo mojado.

Lydia podía imaginárselo.

–Pensaba que sería más oscuro.

–Estamos en el sur de Noruega, así que en esta época del año hay seis horas de luz al día –le explicó–. No muy diferente a lo que tenemos en Londres. Puede que el amanecer y el atardecer sean un poco más largos. El norte es más oscuro, pero a mediodía aún hay luz suficiente para leer.

–*Takk* –dijo Lydia.

Jake la miró con sorpresa.

–Pensé que habías dicho que no hablabas noruego.

–Anoche me aprendí un par de frases para quedar bien en las reuniones.

Él recibió la explicación con una sonrisa de aprobación.

–Buena idea. Seguro que a los de Pedersen's les encanta. Si quieres que te enseñe…

Lydia no escuchó el resto de la frase porque de pronto se lo imaginó enseñándole algo y recompensándola con un beso. Aquella hermosa boca sobre su cuerpo, saboreándola y excitándola hasta…

–¿Lydia?

–Perdona. Me he distraído mirando el paisaje –no era del todo mentira, la diferencia era que las imágenes estaban en su mente–. ¿Qué me decías?

–¿Que si te parece bien el plan de trabajo?

–Sí, perfecto.

–Muy bien. Ah, apunta todas las llamadas que hagas a Inglaterra desde aquí porque el gasto corre a cuenta de la empresa.

–¿Por qué habría de llamar a Inglaterra?

–A tu familia. Para decirles que has llegado bien –le sugirió.

A Lydia no se le había ocurrido. Ni siquiera les había dicho a sus padres que se iba a Noruega. Con el paso del tiempo se había ido distanciando más y más de ellos, con lo cual sólo hablaba con ellos cada dos semanas y los veía aún menos.

A su madrina y a su mejor amiga sí les había dicho que se iba de viaje y les había prometido mandarles alguna postal y hacer fotos, sobre todo de la aurora boreal.

–Claro, llamaré más tarde –improvisó para no confesarle lo difícil que era la relación que tenía con sus padres–. A estas horas mi padre debe de estar en los tribunales y mi madre en alguna reunión –y, aunque no fuera así, estarían muy ocupados para hablar con ella.

–Entonces, si me disculpas.

¿Jake iba a llamar a sus padres? Eso sí que no lo habría imaginado.

Apretó un botón del teléfono.

–¿Mamá? Sí, soy yo. Ya estamos en el aeropuerto de Oslo, sanos y salvos, así que ya puedes dejar de preocuparte –dijo con una sonrisa que le iluminó los ojos–. Bueno, si está jugando al golf, díselo por mí. Os llamaré por la noche –la sonrisa se hizo aún más grande–. Yo a ti también te quiero.

¿Cuándo había sido la última vez que Lydia les había dicho a sus padres que los quería?

Pero claro, ¿cuándo se lo habían dicho ellos a ella?

El cariño con que Jake trataba a sus padres hizo que Lydia se sintiera inquieta. Y más aún al oír que en la siguiente llamada hablaba en noruego... y vio que volvía a sonreír con la misma ternura al decir: *Jeg er glad i deg*, no necesitaba traducción para saber que estaba hablando con su familia noruega y que también con ellos se llevaba muy bien.

Una vez terminó de llamar, miró la hora y dijo:

–La reunión es a las tres, hora noruega. Lo que quiere decir que disponemos de una hora y media. Lo más rápido será comprarte aquí las botas y luego tomar el tren que nos lleva al hotel... en taxi tardaríamos el doble. Tendremos el tiempo justo para registrarnos en el hotel y deshacer el equipaje antes de ir a la reunión.

–No necesito otras botas, éstas están bien –aseguró Lydia.

–¿Has estado ya en Noruega?

–No –admitió.

–Entonces supongo que estarás de acuerdo conmigo en que yo sé mejor que tú si necesitas otras botas o no. ¿Tienes otros zapatos que ponerte cuando lleguemos a la oficina?

–Sí.

–Bueno, así será más fácil.

Después de recuperar el equipaje, Jake la condujo a las tiendas del aeropuerto, le preguntó qué número de pie tenía y comenzó a hablar con una dependienta en noruego. Le trajeron tres pares distintos y, en cuanto Lydia eligió las que le quedaban mejor, le envolvieron las botas con las que había llegado y Jake pagó antes de que ella pudiera impedírselo.

–Puedo permitirme comprarme unas botas –protestó Lydia nada más salir de la tienda.

–Lo sé, pero así es más rápido. Ya arreglaremos cuentas más tarde.

Veinte minutos después, el tren los dejó muy cerca del hotel.

–¡Vaya! –exclamó Lydia en cuanto vio el edificio de cristal–. Es precioso.

–Es aún más bonito cuando el cielo está azul –aseguró él–. Ingrid nos ha reservado habitaciones en el piso trece, tiene unas vistas impresionantes.

Se había quedado corto, eso fue lo que pensó Lydia cuando abrió la puerta de su habitación y vio el fiordo que se extendía más abajo. En lugar de deshacer el equipaje, pasó el poco tiempo que tenía admirando el paisaje. Tenía que dibujar aquella imagen, pero en ese momento llamaron a la puerta y sólo pudo meter los zapatos en el bolso, ponerse el abrigo e ir a abrir.

–Perdona, estaba admirando el paisaje.

–Espero que tengamos un poco de tiempo para que pueda enseñarte la ciudad por las noches. Si deja de llover –añadió con una sonrisa–. La oficina de Nils no está lejos, pero está lloviendo a cántaros, así que he pedido un taxi.

La oficina de Nils Pedersen se encontraba en el muelle Aker Brygge.

–Antes era un astillero –le explicó Jake–, pero lo convirtieron en un centro de negocios y turismo. En verano es muy bonito. Mi abuelo dice que cuando él era niño y el fiordo se congelaba, hacían caminos sobre el hielo con los trineos y, cuando llegaba la primavera, hacían canales por el hielo. Ahora los inviernos son más suaves.

–Te gusta mucho Noruega, ¿verdad? –le preguntó Lydia.

–Claro. Aquí vive la familia de mi padre, es mi país –entonces esbozó una sonrisa–. Supongo que tengo suerte porque Inglaterra también es mi país porque mi madre es inglesa.

Ya en la sede de la empresa, los condujeron a la sala de reuniones y Jake presentó a Lydia a los que los esperaban ya sentados a la mesa.

–*God ettermiddag*–dijo ella y todos le agradecieron el esfuerzo con una enorme sonrisa.

A Lydia no le extrañó que la reunión fuera rápida y directa; no se entretuvieron en formalidades, sólo se habló de negocios. Ahora sabía de dónde procedía Jake. Pero cuando la reunión terminó a las cuatro y media de la tarde, Lydia enarcó una ceja.

–En Noruega se suele trabajar de ocho a cuatro –le explicó Jake mientras salían–. Se han quedado más por deferencia hacia nosotros. También se cena temprano, a eso de las seis. Espero que no te importe, pero he aceptado la invitación de Nils para cenar con él y su familia esta noche.

–No te preocupes. No esperaba que cuidaras de mí en todo momento. Pediré algo al servicio de habitaciones.

–No, me has entendido mal –le dijo suavemente–. La invitación es para los dos. Sería muy egoísta por mi parte abandonarte en un país que no conoces.

–Ah –Lydia se ruborizó–. Bueno, entonces dime cómo debo ir vestida. ¿Hay alguna norma de protocolo que sea distinta a Inglaterra?

–Puedes ir con ropa informal, pero elegante. Nada fastuoso. Lo único que debes recordar es que no hablaremos de negocios… En Noruega, no hablamos de trabajo en casa. Ah, y quítate los zapatos en la puerta. Aparte de eso, sé tú misma –añadió con una sonrisa–. A Nils le ha impresionado que te hayas tomado la molestia de aprender algo de noruego… sobre todo sabiendo que te pedí que me acompañaras ayer mismo. Elisabet, su esposa, habla inglés, así que esta noche no habrá ningún problema.

Volvieron al hotel por una importante calle comercial, donde Jake compró una botella de vino blanco y un ramo de gerberas rosas.

–¿Nils y Elisabet tienen hijos? –le preguntó Lydia.

–Sí, un niño y una niña. Están los dos en la guardería.

–A lo mejor deberíamos llevarles algo a ellos también. ¿Qué te parece si les compro algo para que dibujen?

Jake la miró sorprendido.

–Supongo que es mejor que llevarles caramelos… si tú crees que les va a gustar.

–Mi mejor amiga es maestra de primaria y dice que a todos los niños les encanta dibujar.

–No lo sabía.

La expresión de Jake resultaba imposible de interpretar, pero Lydia tuvo la impresión de que había tocado un tema espinoso. Era lógico asumir que Jake estaba soltero y sin hijos. Y quizá ése fuera el problema: estaba divorciado y su ex no le dejaba ver a los niños.

En cualquier caso, no era asunto suyo.

Eso sí, en el futuro trataría de tener más tacto.

Lydia insistió en pagar los regalos de los niños.

–A mí también me han invitado y, puesto que tú has comprado el vino y las flores, esto lo compro yo. No hay más que hablar.

Jake asintió y dejó que pagara.

De vuelta en el hotel, Lydia tuvo el tiempo justo para darse una ducha y ponerse un sencillo vestido negro con unos zapatos de tacón bajo antes de que llegara el taxi.

—Estás muy guapa —le dijo Jake con gesto de aprobación cuando ella le abrió la puerta de la habitación.

—Gracias, tú también estás muy bien —respondió ella, aunque se quedó muy corta.

La camisa azul que llevaba hacía resaltar el color de sus ojos. Se le veía recién afeitado y, durante un momento de locura, Lydia levantó la mano unos centímetros para tocarle la cara, para sentir la suavidad de su piel. Afortunadamente, consiguió controlarse a tiempo.

Llegaron a casa de los Pedersen unos minutos antes de las seis, Nils les dio una cálida bienvenida y les presentó a su esposa, Elisabet. Los dos niños se asomaron tímidamente, ocultos detrás de su madre. Jake se agachó para saludarlos en noruego y ambos le estrecharon la mano solemnemente.

Lydia siguió su ejemplo.

—Hola —les dijo—. *Beklager*, no hablo mucho noruego. Soy inglesa.

Elisabet se lo tradujo de inmediato a los pequeños y luego sonrió a Lydia.

—Éste es Morten.

—Hola —dijo el niño y estrechó la mano de Lydia.

—Y ésta es Kristin.

La niña hizo lo mismo que su hermano, pero con más timidez.

—Gracias por invitarnos —siguió diciendo Jake al tiempo que le daba las flores a Elisabet y el vino a Nils.

–Les hemos traído esto a los niños –intervino Lydia levantando la bolsa que llevaba en la mano–. Quizá sea mejor que se lo dé a usted, señora Pedersen, para que se lo dé en un momento más adecuado. Son unos lapiceros, papel y pegatinas.

–Llámame Elisabet. Y *tusen takk* por el regalo… muchas gracias. A los dos les encanta dibujar –dijo Elisabet con una sonrisa en los labios–. Tienen que acostarse ya pronto, pero, si quieres dárselo, pueden hacer un dibujo antes.

Morten agarró la bolsa tímidamente y, aunque Lydia sólo alcanzó a comprender *takk*, vio en sus rostros que les había gustado el regalo.

–Adelante. Vamos a tomar algo antes de la cena –sugirió Nils.

–¿Puedo ayudar en algo? –preguntó Lydia.

–Si quieres, puedes acompañarme a la cocina –Elisabet agarró en brazos a la pequeña Kristin–. Así podré terminar la cena mientras vigilo a estos dos.

–Podéis pedirle a Lydia que os dibuje algo –dijo Jake–. Se le da muy bien.

A Lydia se le encogió el corazón. ¿Cómo lo sabía? ¿La habría visto dibujar en el avión? Esperaba que hubiera visto sólo el boceto de las nubes, no su retrato. De nada le sirvió mirarlo porque la expresión de su rostro era completamente indescifrable.

Acompañó a Elisabet a la cocina y, unos segundos después, estaba sentada junto a los niños y la mesa estaba llena de lápices.

–Gracias por traducirme –le dijo a Elisabet–. No supe que venía a Noruega hasta ayer por la tarde, así que no he tenido tiempo de aprender más que «por favor», «gracias» y «hola».

–Ya es bastante –aseguró su anfitriona.

–¿Esos dibujos son de los niños? –preguntó, señalando unos dibujos que había sujetos a la puerta de la nevera con unos imanes–. Son muy buenos.

–Gracias. Jake ha dicho que se da bien dibujar.

–Bueno, me gusta hacerlo –se limitó a decir Lydia, modestamente–. Puedo enseñarles a dibujar algo y que luego puedan colorearlo. ¿Qué les parece un gato y una mariposa?

Elisabet se lo tradujo rápidamente y los dos niños sonrieron encantados.

–Me parece que les gusta la idea.

–¿Pero no debería ayudarte antes con la cena?

–Ya lo estás haciendo, teniendo tan contentos a los niños –respondió Elisabet.

Lydia enseñó a Kristin a dibujar una sencilla mariposa y luego dibujó un gato para Morten, que el niño copió sin problema.

–Muy bien –dijo Lydia, aplaudiendo.

El muchacho se echó a reír y dibujó otro gato con más seguridad para luego mostrárselo a su madre.

–Qué envidia. Yo apenas puedo dibujar una línea recta con una regla –confesó Elisabet–. Lo paso fatal cada vez que me piden que haga algo para la feria de Navidad de la guardería.

–Pero sabes hacer unos pasteles preciosos –dijo Lydia señalando el pastel de fruta y nata que había sobre la encimera–. Yo nunca consigo que me levanten en el horno, así que engaño a todo el mundo y los compro.

–Yo también engaño a los de la guardería porque siempre le pido a Nils que me haga los dibujos –admitió Elisabet, riéndose.

–¿Quieres que haga un retrato rápido de los niños? –ofreció Lydia.

–Claro, me encantaría.

No fue necesaria una segunda invitación. Lydia agarró los lápices y el bloc de su bolso y comenzó a dibujar.

Jake siguió a Nils hasta la cocina y se quedó en la puerta en silencio, viendo dibujar a Lydia; parecía estar como en casa, charlando con Elisabet y dejando lo que estaba haciendo de vez en cuando para ayudar a alguno de los niños.

No era difícil imaginársela con sus propios hijos, los trataría con cariño y paciencia. Jake sintió una repentina amargura en el estómago. Una razón más por la que no tenía ningún derecho a empezar nada con Lydia: los hijos no formaban parte de sus planes, ya no.

Le costaba mucho sonreír y fingir que todo iba bien. A esas alturas debería haber estado acostumbrado porque lo había hecho muchas veces y también lo haría esa noche. Hizo un esfuerzo para acercarse a Lydia como si nada y mirar lo que estaba dibujando.

Las nubes que había hecho en el avión le habían parecido muy buenas, pero aquello era fabuloso. Con sólo unos trazos del lápiz había conseguido retratar a los dos niños: Kristin, concentrada en la mariposa, y la cara de satisfacción de Morten al darse cuenta de que los gatos le salían casi tan bien como a Lydia.

–Tienes mucho talento.

–Gracias.

Jake se fijó en que, una vez acabados los múltiples bocetos que había hecho de los niños, Lydia arrancó las hojas en las que los había dibujado y se guardó el bloc en el bolso sin ofrecerse a enseñárselo a nadie. Parecía que era tan insegura con su talento artístico como con el trabajo. Alguien debía de haberle hecho mucho daño en el pasado.

Nils y Elisabet quedaron encantados con los dibujos. Nils se llevó a acostar a los niños mientras su esposa los condujo al comedor.

La cena fue muy agradable: buena comida y buena conversación. Nils y Elisabet sugirieron varios lugares que Lydia debía visitar antes de volver a Inglaterra. El teatro de la ópera, un paseo nocturno por el río Akerselva, las esculturas del parque Vigeland y los barcos vikingos del museo.

Lydia parecía florecer en su compañía. Habló de cuáles eran sus lugares preferidos para dibujar de Londres y Jake se dio cuenta de lo hermosa que era. Le brillaban los ojos y la luz de las velas resaltaba los destellos cobrizos de su cabello.

Tuvo que hacer un esfuerzo para dejar de mirarla a la boca.

Un par de veces la sorprendió mirándolo y vio cómo se le sonrojaron las mejillas.

Jake se recordó que aquella mujer trabajaba para él y que no estaba en condiciones de ofrecerle nada más que una aventura. Debía controlarse.

Sin embargo… no pudo evitar pensar que ella también estaba mirándolo.

Eso quería decir que no era el único que sentía aquella insensata atracción. Quizá ella estuviese preguntándose lo mismo. ¿Qué se sentiría al tocarle la piel, al besarla?

Al final de la velada, Jake le dio las gracias a Nils y

a Elisabet por su hospitalidad y luego, al encontrarse en el coche junto a Lydia, se quedó callado.

Sería tan fácil...

Pero también sería injusto aprovecharse de la situación.

Además, luego resultaría muy incómodo volver a trabajar con ella al día siguiente. El contrato que habían ido a firmar era muy importante como para ponerlo en peligro.

El problema era que no conseguía encontrar un tema de conversación irrelevante; sólo podía pensar en tomar aquel hermoso rostro entre sus manos y besarla en los labios hasta hacerla responder. Un beso dulce y lento que se haría más y más intenso, hasta acabar sumergido en ella por completo.

Pero eso no podía decírselo.

–¿He hecho algo mal?

–¿Por qué? –no comprendía nada.

–Estás muy… callado –Lydia respiró hondo–. Si he metido la pata, preferiría saberlo para no volver a hacerlo.

–No, tú no has hecho nada... –el problema era él, pero no podía contarle nada de lo que le pasaba por la cabeza–. Supongo que estoy cansado. Mi madre siempre dice que trabajo demasiado.

–Puede que tenga razón –respondió Lydia.

–Estoy bien –afortunadamente, el taxi no tardó en llegar al hotel–. Había pensado ir a nadar un poco mañana por la mañana antes del desayuno. Tenemos que estar en la oficina a las ocho, así que iré a buscarte a menos cuarto.

No comprendió bien la expresión que vio en su rostro por un momento, pero no pudo dejar de pensar en ella incluso después de haberla acompañado a su habitación y encontrarse ya a solas en la suya. ¿Era un alivio que Lydia no esperara que pasara todo el tiempo con ella?

¿O una decepción?

–Contrólate –se dijo, furioso consigo mismo, y fue a darse una ducha fría con la esperanza de que eso le devolviera un poco de sentido común.

Capítulo Tres

Después de dos días trabajando codo con codo con Lydia, Jake empezaba a volverse loco. En la oficina conseguía concentrarse en el trabajo, pero cuando volvían al hotel le resultaba imposible controlar su mente. Ni las duchas frías, ni ir a nadar, ni hacer ejercicio en el gimnasio del hotel… nada funcionaba.

Era aún peor cuando Lydia estaba sentada a su lado en la mesa de la zona de estar de su suite, estudiando el contrato que estaban preparando con Nils. Lo único en lo que podía pensar era en inclinarse sobre ella y besarla… y en que el dormitorio estaba a sólo unos pasos de distancia.

El viernes por la noche, Lydia estaba explicándole algunos detalles del documento, pero Jake apenas sabía lo que estaba diciéndole, no podía apartar la vista de su boca. No llevaba casi maquillaje, con lo que sus labios tenían la forma y el color naturales: un tono rosado suave y un ligero mohín.

No podía pensar en otra cosa que en lo mucho que deseaba besarla.

Y hacerla suya.

Cuánto deseaba que ella lo besara con la misma pasión

–¿Jake? ¿Estás bien?

–Eh… sí. Tienes razón –en realidad no tenía la menor idea de qué acababa de decir Lydia, pero llevaba dos días viéndola trabajar y confiaba ciegamente en su criterio.

Siguió mirando su boca, tratando de controlarse... pero sin dejar de imaginar.

Hasta que levantó la vista hasta sus ojos y se dio cuenta de que estaba mirándolo. Ella también estaba mirándolo a la boca.

¿Estaría preguntándose lo mismo que él?

No. Tenía que recuperar el sentido común.

Volvió a prestar atención al contrato y se las arregló para hablar de ello como si realmente estuviese concentrado en el trabajo.

Pero entonces fueron a echar mano los dos del mismo papel y sus dedos se rozaron. Jake sintió como si lo alcanzara un rayo. Sintió un estremecimiento que le recorrió el cuerpo entero y terminó por perder el control; se giró para mirarla a la cara, sumergió las manos en su cabello y la besó en la boca.

Muy despacio, con suavidad y dulzura.

Sintió el temblor de sus labios y estaba a punto de besarla de nuevo, más a fondo, cuando recuperó el sentido común.

¿Qué demonios estaba haciendo? Aparte de arriesgarse a que lo demandara por acoso sexual, se había prometido a sí mismo que no iba a dejarse llevar por las necesidades de su cuerpo. Se había prometido que se comportaría con sensatez y haría caso omiso a la atracción que sentía.

Se disponía a apartarse y a disculparse cuando sintió un suave beso en los labios.

Ahora era Lydia la que lo besaba a él.

Jake volvió a perder el control y respondió a su beso, le mordisqueó el labio inferior hasta que abrió la boca y pudieron besarse con más intensidad. Bajó las manos por su espalda, hasta la cintura porque necesitaba acariciarla además de besarla. Le sacó la blusa de la cinturilla de la falda y coló los dedos por debajo de la tela. Tenía la piel cálida y suave, lo que hizo que Jake quisiera seguir explorando aquel territorio misterioso. Movió los dedos ligeramente y de sus labios salió un ligero murmullo.

Aquel sonido rompió el encantamiento e hizo que Jake se detuviera en seco. Se apartó de ella y la miró, horrorizado. Lydia, la abogada tranquila y profesional con la que llevaba trabajando toda la semana, estaba muy alterada. Y él tenía la culpa de todo.

¿En qué diablos estaba pensando?

—Lo siento, Lydia —le dijo—. No debería haberlo hecho.

Ella lo miró con los ojos abiertos de par en par y llenos de preocupación, pero no dijo nada.

Jake se pasó la mano por el pelo y clavó la mirada en la mesa.

—Te pido disculpas. Te aseguro que no suelo abalanzarme sobre mis compañeras de trabajo… y desde luego no fue por eso por lo que te pedí que vinieras conmigo a Noruega.

—Ya lo sé.

Jake percibió un ligerísimo temblor en su voz que hizo que la mirara. Tenía los labios sonrojados, a Jake le supuso un verdadero esfuerzo levantar la vista hasta sus ojos, y fue entonces cuando la descubrió mirándolo a la boca de nuevo.

Definitivamente, aquello no era sólo cosa suya. Ella también lo deseaba.

Tenían que hablar de ello. Jake debía ser honesto

y explicarle que no podía ofrecerle más que una aventura.

Pero entonces ella levantó la mano con una tímida sonrisa en los labios y le pasó un dedo por los suyos. Jake los abrió automáticamente y se metió el dedo en la boca. Lo chupó con fuerza y vio cómo a ella se le dilataban las pupilas y separaba los labios. Estaba perdido.

Le tomó el rostro entre ambas manos y la besó de nuevo. Su boca era una delicia; cálida, dulce y generosa. Una delicia de la que no podría saciarse fácilmente. Quería todo lo que ella pudiera ofrecerle, y más.

Sus besos hacían que le diera vueltas la cabeza. Dejó de pensar por completo y lo siguiente que supo fue que estaban de pie junto a la cama, no tenía la menor idea de si habían llegado allí caminando o si se había convertido en todo un cavernícola y la había llevado en brazos.

Lo que sí sabía era que la atracción era mutua. Lydia le había sacado la camisa de los pantalones para acariciarle la espalda como antes le había hecho él a ella.

Jake sentía que la sangre le ardía en las venas, el roce de sus manos le hacía hervir de pasión.

–Si quieres que pare –le dijo con voz temblorosa–, deberías decírmelo ahora.

–No pares –la voz de Lydia era prácticamente un susurro, tan temblorosa como la de él.

Estaba tan excitada como él y necesitaba liberar dicha excitación tanto como él. Jake por fin podía hacer lo que llevaba días deseando.

Le desabrochó los botones de la blusa lentamente y fue acariciando la piel que quedaba al descubierto y, por el modo en que se endurecían sus pezones, algo evidente a través del sujetador, que a ella le gustaban dichas caricias. Genial. A él le gustaba mucho sentir la suavidad de su piel y el modo en que respondía su cuerpo.

Se inclinó para besarle el cuello y sintió la suave fragancia floral que ya le había llamado la atención en Londres.

–Hueles de maravilla –murmuró–. ¿Qué es?

–Gardenia.

–Me encanta –en cuanto pudiera le compraría más. La sumergiría en un baño caliente, aromatizado con el perfume y luego le haría el amor.

Le desabrochó los botones de las mangas y le quitó la blusa. Pasó las manos por sus pechos, por encima del sujetador de encaje y acarició los pezones endurecidos.

–Jake. Me estás volviendo loca –susurró ella.

–Tú a mí también. Quiero tocarte, Lydia. Y verte –hizo una pausa–. Y comerte.

–Sí –respondió ella, con placer, y se le sonrojaron las mejillas, un color que se intensificaría aún más cuando estuvieran haciendo el amor–. Yo también quiero tocarte.

Pero dentro de un límite. La pararía antes de que las cosas se complicaran más de lo aconsejable.

Le bajó un tirante del sujetador y le besó el hombro.

–Estoy en tus manos, *min kjære*.

Lydia comenzó a quitarle la camisa, sus movimientos eran tímidos al principio, pero fue ganando confianza con cada botón que le desabrochaba. Una vez se encontró con el torso de Jake al descubierto, extendió ambas manos sobre su piel.

—Eres perfecto.

Él sonrió.

—Me halagas.

Ella fue bajando las manos por su abdomen y Jake sintió que su excitación se disparaba cuando comenzó a desabrocharle el cinturón.

Era curioso, pero se sentía como si hubiera vuelto a la adolescencia. Esa sensación de urgencia, de necesidad, de estar adentrándose en un terreno desconocido. No recordaba la última vez que había sentido algo así.

Desde luego no había sido con Grace.

De nada servía dejarse llevar por la amargura en esos momentos. Seguramente cualquiera habría hecho lo mismo de encontrarse en la posición de su exprometida. En realidad Grace le había hecho un favor, había evitado que otra le rompiera el corazón en el futuro, porque Jake no volvería a permitir que nadie conquistara su corazón de nuevo. No dejaría que nadie se acercara a él lo suficiente para rechazarlo como lo había hecho Grace.

Lo que estaba sucediendo en ese momento duraría sólo una noche.

Así ambos podrían dejar de sentir aquella incómoda atracción.

Seguramente al día siguiente todo habría vuelto a la normalidad y Jake habría recuperado el sentido común. Esa noche, sin embargo, iba a dejarse llevar por un deseo que estaba volviéndolo loco e iba a entregarse a Lydia.

Se estremeció al sentir que le desabrochaba los

pantalones lentamente y recorría con su mano la longitud de su erección por encima de la ropa interior.

¿Qué sentiría si lo acariciaba directamente sobre la piel?

Pero aquello estaba volviéndose demasiado peligroso.

Jake le agarró la mano suavemente.

–Preferiría que no…

La vio ruborizarse.

–Lo siento. No suelo ser tan…

No terminó la frase, pero Jake podía imaginar lo que había estado a punto de decir. Tan desinhibida, tan imprudente.

Ahora se sentía avergonzada, sin duda creía que Jake pensaba que era demasiado lanzada.

Dios. No se le había ocurrido que pudiera interpretarlo así; sólo había querido evitar tener que darle una explicación embarazosa.

–No es eso, *min kjære* –trató de encontrar las palabras adecuadas para que dejara de sentirse mal–. Eres maravillosa.

Lydia no dijo ni una palabra, pero su mirada lo decía todo. Estaba sorprendida de que la encontrara maravillosa. Era obvio que alguien la había hecho daño y había conseguido que se sintiera insegura.

Y Jake era un sinvergüenza por aprovecharse de ella de esa manera. Tenía que poner fin a lo que estaba sucediendo.

Pero sabía que, si paraban ahora, los dos se sentirían fatal; avergonzados, incómodos y frustrados. Lo que él quería era que Lydia se sintiera bien, quería ver como se le llenaban los ojos de deseo y arqueaba el cuerpo de placer.

–No tiene nada que ver contigo, *elskling* –le dijo, acompañando sus palabras con un suave beso en los labios–. Lo que ocurre es que… –iba a decirle la verdad, nada más que la verdad–. Llevo algún tiempo sin hacer esto y no creo que pueda hacer que disfrutes mucho.

La desconfianza desapareció de su rostro de inmediato y dejó paso a una tierna sonrisa.

–Y quiero hacerte disfrutar, Lydia –insistió Jake–. Quiero hacer que pierdas la razón.

–Pues por ahora lo estás consiguiendo –aseguró ella.

Le bajó la cremallera de la falda y la deslizó por sus caderas hasta que cayó al suelo, después se arrodilló frente a ella y le bajó las medias. Sintió sus escalofríos mientras le acariciaba los muslos. Bien. Necesitaba que estuviera demasiado excitada como para poder pensar con la claridad y la inteligencia que la caracterizaban. Siguió acariciándole la cara interna de los muslos, las pantorrillas. Tenía la piel tan suave que Jake no creía que pudiera dejar de tocarla.

Le dio un beso en el abdomen y fue subiendo por las costillas. Después le desabrochó el sujetador y lo dejó caer al suelo sin perder un segundo en tomar sus pechos en las manos.

–Lydia Sheridan, eres sencillamente preciosa –le dijo mientras le acariciaba los pezones con la yema de los dedos–. Ahora mismo me siento como un niño en una tienda de dulces. Quiero verlo y tocarlo todo.

Se puso en pie y se despojó de los zapatos, los calcetines y los pantalones lo más rápido posible para, a continuación, tumbarse con ella en la cama.

–¿Estás completamente segura de que no quieres

que pare? –quería asegurarse de que no había entendido mal.

–Si no me tocas de inmediato, voy a volverme loca –la excitación había hecho que su voz sonara más profunda e intensa.

Jake sonrió y se arrodilló entre sus piernas abiertas. Se metió uno de sus pezones en la boca y lo acarició con la lengua.

–Sí, Jake –susurró ella mientras sumergía las manos en su cabello–. Sí.

Hizo lo mismo con el otro pezón antes de empezar a bajar por el abdomen y colar la mano bajo sus braguitas, ella se estremeció y levantó las caderas para darle acceso. Muy despacio y sin apartar la mirada de sus ojos, Jake introdujo un dedo en su sexo. Era como seda caliente y húmeda. Maravilloso. Pero no era suficiente. Quería verla derretirse de placer en medio del clímax, la boca abierta y los ojos cerrados. Quería saber si era capaz de hacer que esa mujer inteligente y formidable se derritiera en sus manos.

Y quería que ella le hiciera exactamente lo mismo.

Movió el dedo pulgar hasta encontrar y acariciarle el clítoris y oyó que se le cortaba la respiración.

–No me tortures, Jake, por favor.

–No es ninguna tortura, *min kjære* –pero necesitaba llevarla hasta el borde del abismo antes de quitarse el resto de la ropa porque sabía que, si aún conservaba algo de lucidez, le preguntaría, con todo el tacto del mundo, sí, pero le preguntaría.

–Levanta un poco las caderas –le pidió y, cuando ella obedeció, le quitó las braguitas y las dejó junto a la cama.

Lydia nunca había tenido un encuentro tan ardiente con un hombre con el que ni siquiera estuviera saliendo oficialmente. Aquello no era, en absoluto, propio de ella.

Pero no se arrepentía.

Porque Jakob Andersen era un hombre impresionante. Tenía un cuerpo fuerte, la piel suave y una boca y unas manos que sabía muy bien cómo utilizar para dar el máximo placer. Sabía aumentar su deseo hasta que apenas podía controlarlo.

Le besó detrás de las rodillas y, cuando sintió que comenzaba a subir, Lydia supo perfectamente lo que se disponía a hacer… y deseó que lo hiciera con todas sus ganas.

Desesperadamente.

Sentía el calor de su respiración en la piel, en la cara interna de los muslos, y se agarró a la almohada al sentir por fin su boca en el sexo, las caricias de su lengua torturándola de placer.

–Sí, Jake, sí. Por favor… –apenas reconocía la voz que salía de sus labios, un sonido gutural y profundo.

Y no le importó estar implorándole porque sabía que luego conseguiría que él hiciera lo mismo, que se rindiera al deseo y quisiera más y más. Porque aquella pasión era mutua.

–Por favor. Te necesito –susurró–. Quiero sentirte dentro de mí. Ahora.

Jake sabía que había conseguido exactamente lo que quería, que la tenía en un estado en el que no haría preguntas. En el que la necesidad que tenía de él era tan intensa que lo aceptaría tal y como era.

Se levantó de la cama y sacó un preservativo que llevaba tanto tiempo en su cartera que probablemente estuviera caducado, pero en las circunstancias en las que se encontraba, no importaba. En realidad no era necesario utilizar protección, pues estaba seguro de que Lydia no tenía la costumbre de acostarse con unos y con otros, y él tampoco. Y tampoco podía dejarla embarazada. Al menos sin la ayuda de un laboratorio y de toda una legión de médicos.

Pero no quería explicarle todo eso y ver que lo miraba con lástima.

Aún no.

Así pues, actuaría como si todo fuera completamente normal.

Lydia cerró los ojos para concentrarse en el momento en que Jake volviera junto a ella. Oyó el sonido del envoltorio y luego sintió que el colchón se hundía bajo su peso.

Por fin.

Sintió su pene rozándole el sexo y finalmente, con un solo movimiento, se sumergió en ella. Como respuesta, Lydia le echó las piernas alrededor de la cintura y levantó las caderas.

–¿Estás bien? –le preguntó él.

Ella abrió los ojos y sonrió.

–Muy bien –a punto estuvo de decirle que encajaban a la perfección, pero se detuvo a tiempo y optó por tirar de él y besarlo en la boca apasionadamente.

No debería haber sido tan maravilloso, teniendo en cuenta que era la primera vez que estaban juntos, pero lo cierto era que jamás había sentido tal conexión sexual con nadie.

El placer fue en aumento, acercándola poco a poco al clímax hasta que ya no pudo más. Susurró su nombre y se dejó llevar. Un segundo después sintió que él se estremecía en sus brazos.

Lydia dejó que la tumbara sobre él y, por un instante, se quedó rendida sobre su pecho, completamente saciada.

—Voy a quitarme el preservativo —le dijo él al tiempo que la echaba a un lado suavemente antes de darle un rápido beso en los labios.

Cuando volvió Lydia se fijó en que se había puesto unos bóxers de algodón gris.

¿Sería por timidez, o acaso se arrepentía de lo que había hecho?

Empezaron a arderle las mejillas. ¿Cómo se le decía a un hombre que acababa de tener la mejor experiencia sexual de su vida… pero que no pasaba nada, que era evidente que a él no le había parecido lo mismo, así que preferiría que no la mirara mientras se vestía y se marchaba?

Estaba tan desorientada que cerró los ojos y deseó poder desaparecer por arte de magia.

—Lydia —le oyó decir y sintió su caricia en la cara—. Creo que tenemos que hablar.

Vaya.

Bueno, entonces sería mejor que lo dijera antes ella y al menos conservara parte de orgullo.

–Lo siento. No debería haber ocurrido.

–Los dos sabíamos que acabaría pasando.

¿Qué? Aquellas palabras la obligaron a abrir los ojos.

–Tienes razón. No debería haber ocurrido. Se supone que somos compañeros de trabajo –añadió con una sonrisilla irónica–. Como ya he metido la pata y no creo que las cosas puedan empeorar mucho más, será mejor que sea completamente sincero. No puedo apartar los ojos de ti –admitió–. Y creo que a ti te pasa lo mismo. Desde hace un par de días, cada vez que te miro, te descubro mirándome también.

–Intentaba ser discreta –respondió ella, abochornada.

–Yo también. No suelo perder el control, sin embargo contigo lo he perdido por completo. Y tú también.

–Sólo para que lo sepas… –Lydia tragó saliva antes de continuar–. No tengo la costumbre de…

–Irme a la cama con alguien con quien ni siquiera estoy saliendo –terminó él–. Lo sé. Yo tampoco. Pero no sé por qué, tú haces que… no sé –se pasó la mano por el pelo en un gesto de desesperación.

Lydia sintió que el deseo volvía a apoderarse de ella. Seguro que no tenía la menor idea de lo sexy que estaba en aquellos momentos, con el pelo alborotado.

–No es fácil decir esto.

–¿Que esto ha sido cuestión de una noche y que no puede volver a ocurrir? –le sugirió ella.

–¿Es eso lo que tú quieres?

No sabía cómo interpretar la expresión de su rostro. No sabía si se sentía aliviado de que ella misma le hubiese ofrecido la manera de escapar, o si quería que aquello fuese el comienzo de algo más.

No, eso era una locura.

Sabía qué era lo que debía decir. Olvidarían lo que acababa de suceder y volverían a la normalidad. Sin embargo no fue eso lo que salió de sus labios.

–No lo sé.

–¿Eso quiere decir que tu cabeza dice que sí, pero tu cuerpo dice que quieres más?

Aquello estaba muy mal.

–Deberías haberme avisado de que eras capaz de leer el pensamiento –murmuró y se tapó la cara con la mano para ocultar la vergüenza que sentía.

Él se echó a reír, le agarró la mano y se la llevó a los labios para darle un beso.

–No te leo el pensamiento, sólo he dicho lo que siento –la miró a los ojos y continuó hablando con más seriedad–. Quiero ser justo contigo, Lydia. Sea lo que sea lo que hay entre nosotros... porque yo tampoco sé cómo explicarlo, lo cierto es que no puedo ofrecerte nada duradero.

–¿Tienes pareja?

–No, nada de eso –negó rotundamente–. Jamás le sería infiel a nadie. Llevo soltero algún tiempo; no tengo ningún tipo de compromiso ni de ataduras. ¿Tú?

–Tampoco.

–Entonces no hay nada que nos impida tener una aventura y disfrutar locamente durante unos días. Nada aparte del hecho de que soy tu jefe y, por tanto, es éticamente reprobable.

Pero en esos momentos a Jake no le importaba lo más mínimo la ética.

Lo único que le importaba era poder volver a tocarla, volver a sumergirse en su cuerpo, ver como el placer se apoderaba de ella mientras la conducía al clímax.

–Se me ocurre algo –hizo una nueva pausa antes de continuar–. Dijiste que no querías seguir siendo abogada, ¿no es cierto? ¿Que ya no te gustaba tu trabajo?

–No sé si me ha gustado alguna vez.

Jake frunció el ceño.

–¿Entonces por qué lo elegiste? Hay que estudiar durante años para convertirse en abogado, ¿para qué tanta molestia y tanto esfuerzo para conseguir algo que ni siquiera querías hacer?

–Es… –ahora era ella la que fruncía el ceño–. Es complicado.

–Intenta explicármelo. Vi el dibujo de las nubes que hiciste en el avión. ¿Quieres ser pintora?

–No quiero hablar de eso ahora –le dijo, pero le apretó la mano para que supiera que no pretendía apartarlo de ella; simplemente no quería hablar de su trabajo.

–Estás en una encrucijada.

–Sí –admitió Lydia.

–Yo también –Jake no se lo había dicho a nadie, ni siquiera a los más cercanos. Ni a sus padres, ni a sus abuelos, ni a su mejor amigo… a nadie. Apenas había podido admitirlo ante sí mismo. Era curioso que le resultara tan fácil contárselo a una mujer a la que prácticamente no conocía–. Necesito averiguar qué busco en la vida.

Lydia lo miró con aparente sorpresa.

–Eres el director general de Andersen Marine. Estás al frente de la empresa de tu familia.

–Lo sé –se detuvo porque no sabía bien cómo explicarlo–. Pero no sé si me basta con eso.

–¿Qué quieres, dominar el mundo?

Jake se echó a reír.

–No. No sé qué es lo que quiero.

En realidad sí lo sabía, pero también sabía que no podía conseguirlo, así que era absurdo desearlo. Lo que necesitaba era encontrar algo con lo que sustituirlo. Algo que le ayudara a continuar. Hasta que…

No.

No quería pensar en eso.

–Tengo la teoría de que tiene que ver con el hecho de cumplir los treinta –al menos en parte, en su caso, había algo más que eso–. Este tipo de cumpleaños hacen que uno se replantee su vida y se cuestione las decisiones que ha ido tomando.

Lydia lo miró fijamente.

–¿Cómo sabes que estoy a punto de cumplir los treinta?

–Miré tu historial antes del viaje.

Ella esbozó una sonrisa.

–Al menos eres sincero.

–Siempre soy sincero –casi siempre. Había cosas en las que prefería no pensar, pero lo hacía por instinto de conservación, no por cobardía–. Me parece que los dos nos encontramos en el mismo lugar. Necesitamos tiempo y espacio para decidir qué es lo que queremos realmente… y Noruega es el lugar perfecto para pensar; no hay lugar donde esconderse. Te sugiero que pasemos aquí la semana, juntos. Así podremos quitarnos de la cabeza esto… esto que hay entre nosotros.

–Estás diciendo que deberíamos tener una aventura.

–Pero dejando las cosas claras desde el principio.

–Una aventura –repitió ella–. De una semana.

–Dicho así suena muy mal –Jake meneó la cabeza–. Intento ser honesto. No puedo ofrecerte nada más que una aventura, Lydia. No puedo ofrecérselo a nadie.

–¿Puedo preguntarte por qué?

–Dime por qué te hiciste abogada –respondió él–, y yo te diré por qué no puedo tener nada duradero con nadie.

Lydia sonrió ligeramente.

–Me estás proponiendo una aventura con terapia.

Jake volvió a menear la cabeza.

–Está claro que eres abogada. No es eso lo que te propongo.

–¿Entonces?

–Te propongo tiempo para pensar y alguien con quien compartir ideas.

–Y sexo –evidentemente, las palabras salieron de su boca sin pensarlo, pero enseguida se llevó la mano a los labios–. No quería decir eso.

Jake no pudo contener la sonrisa.

–Me alegro que lo hayas dicho porque me parece que los dos vamos por el mismo camino. Eso sí, has conseguido que me vengan a la cabeza ciertas imágenes que podrían considerarse X.

La vio pasarse la lengua por los labios y a punto estuvo de volver a perder el control de sus actos.

–Es una locura –dijo ella–. Eres mi jefe.

–Por el momento. Pero esto no tiene nada que ver con el trabajo. Es algo entre tú y yo, nada más –la miró a los ojos–. De igual a igual.

–Sólo para que lo sepas, yo tampoco quiero una relación. No es el momento adecuado.

Y era una mujer orgullosa. Jake ya se había dado cuenta de eso.

–Entonces será sólo una semana al margen de todo. Sin ataduras, sin recriminaciones –frunció el ceño y meneó la cabeza–. Parece un negocio y no lo es. Quiero pasar toda la semana haciendo el amor contigo, Lydia. Quiero tocarte hasta conocer tu piel tan bien como la mía.

Lydia resopló.

–Con total libertad.

Había algunas restricciones que suponían que Jake no podía ofrecerle más que una semana.

–Tú y yo. Podemos ir donde quieras. Dijiste que querías ver la aurora boreal.

–Sí.

–Tenemos que alejarnos de la ciudad para que no haya contaminación lumínica y también depende del tiempo, claro. Pero podemos ir al norte e intentar verla –esbozó una sonrisa porque sabía que lo que iba a decir parecía un tópico, pero tenía la impresión de que ella también lo pensaba–. Quizá podamos intentar encontrarnos también a nosotros mismos y averiguar qué es lo que queremos hacer con nuestras vidas.

Lydia se quedó callada tanto rato que Jake llegó a pensar que había recuperado la sensatez e iba a decir que no.

Pero entonces lo miró.

–Yo no suelo hacer estas cosas, Jake. Si esperas estar con una mujer increíblemente sexy, te has equivocado de persona.

¿Acaso no sabía lo hermosa que era?

De la misma manera que dudaba de su capacidad laboral a pesar de lo buena que era en su trabajo, como él mismo había comprobado, Jake tenía la impresión de que quería rechazarlo no porque no quisiera hacerlo, sino porque pensaba que no estaría a la altura de sus expectativas.

–Para que lo sepas, llevas días volviéndome loco. No te imaginas la cantidad de duchas frías que he tenido que darme por tu culpa.

–¿De verdad? –parecía sorprendida.

–De verdad –le acarició el labio inferior con un dedo–. Tienes que dejar de subestimarte, *min kjære.*

–No me subestimo.

–Claro que lo haces –le puso un mechón de pelo detrás de la oreja–. Acabas de decirme que no eres una mujer increíblemente sexy, lo que quiere decir que no se te ha ocurrido pensar que puedas resultarme tremendamente atractiva… porque lo eres.

Lydia no respondió.

–No creas que tienes que actuar como lo que se supone que es una amante ideal. Sólo tienes que ser tú misma.

–Ser yo misma –repitió con una sonrisa tensa–. Claro.

Capítulo Cuatro

Lydia trató de disimular lo que sentía rápidamente, pero no fue lo bastante rápido. Jake tuvo el tiempo justo para ver la tristeza en sus ojos y se le encogió el corazón.

—Fuera quien fuera, está claro que te hizo mucho daño –dijo al tiempo que la estrechaba en sus brazos.

—No sé qué quieres decir.

—Claro que lo sabes, pero veo que aún no estás preparada para hablar de ello –igual que él no estaba preparado para hablar de su vida–. Deja que te haga una pregunta. ¿Confías en mi criterio?

—¿En qué sentido?

—Para los negocios –aclaró Jake.

—Sí.

—¿Por qué? –no se trataba de que lo halagara, sólo quería asegurarse de que no había dicho que sí a la ligera… y conseguir que fuera admitiendo cosas poco a poco.

—Porque la empresa iba bien con tu padre al frente, pero desde que la diriges tú ha mejorado mucho su nivel y ha crecido en el mundo entero. El trato que has cerrado esta semana ayudará a que siga creciendo.

—Muy bien. ¿Entonces dirías que soy una persona sensata? –no podía olvidar que estaba tratando con una abogada, tenía que razonar a su manera.

—En los negocios, sí.

–Soy el mismo en los negocios y en todo.

–En eso tengo que fiarme de tu palabra.

–¿Te fías?

–Depende de lo que pretendas.

Jake resopló.

–Acabas de hablar como una abogada. Está bien, Lydia, voy a decirte cómo te veo yo. Te escondes bajo el traje, pero tienes un cuerpo lleno de curvas y una boca tan sensual que cualquier hombre querría tomarte en sus brazos y besarte.

–Pero eso no quiere decir que sea sexy.

–Claro, no eres de esas mujeres que llevan suéteres ajustados, unos tacones con los que apenas pueden caminar y unas faldas con las que prácticamente van enseñando la ropa interior… pero eso sí que no es sexy. Es demasiado obvio. Incluso ordinario.

La vio ruborizarse.

–Lo que es sexy –continuó– es ver a una mujer inteligente y pausada sentada al otro lado de la mesa de reuniones y saber que, en mis brazos, se convertirá en una mujer que nadie más ve, una mujer cálida y sensual. Una mujer que, por el momento, se muestra un poco tímida conmigo, pero que espero vaya abriéndose poco a poco y me diga dónde y cómo quiere que la toque y la bese… del mismo modo que ha sabido desenvolverse en los negocios, de un modo directo y eficiente.

–Eso es lo que tú entiendes por sexy.

–Sí. Para tu información, me pareces increíblemente atractiva –se movió un poco para que ella pudiera sentir su erección–. Por si mis palabras no bastan para convencerte, creo que puedes sentir el efecto que tienes en mí.

–Sí…

—Eres tú la que provoca esa reacción, nada de un supuesto ideal de mujer sexy, lo haces tú –le dio un beso detrás de la oreja–. Te propongo una semana al margen de todo. Tú y yo solos. Con espacio para pensar y compartir nuestras ideas con alguien, sin juicios de valor. ¿Qué me dices?

—En teoría, parece una buena idea.

Jake se echó a reír.

—Eso debe de ser un «pero» de abogada. Adelante, dime de qué se trata.

—Yo me organicé la semana antes de salir de Londres para poder tomármela libre, pero tú eres el director general de la empresa. No puedes permitirte tomarte libre una semana así como así; siempre tienes la agenda repleta.

—Ingrid se las arreglará para redistribuir todas mis reuniones y compromisos. Revisaré el correo electrónico dos veces al día y estoy seguro de que mi ayudante puede hacer frente a todo durante unos días. Además, si hubiera algo realmente urgente, siempre puede llamar a mi padre –hizo una pausa y esbozó una triste sonrisa–. Ingrid se va a desmayar cuando le diga que me voy a tomar un descanso.

—¿Cuándo fue la última vez que lo hiciste?

—Hace tiempo.

—¿Cuánto tiempo?

Jake suspiró con resignación.

—Desde los dos años sabáticos que me tomé –claro que entonces no había estado de vacaciones, sino recuperándose de una operación. Luchando contra el cáncer. Parecía que habían conseguido frenarlo, pero nada le garantizaba que no fuera a volver.

—¿Llevas dieciocho meses sin tomarte un descanso? –Lydia parecía sorprendida–. Eso es ilegal según la ley del trabajo.

–Soy el dueño de la empresa, no voy a demandarme a mí mismo –se encogió de hombros–. ¿Y tú? ¿Cuándo fue la última vez que te tomaste unas vacaciones?

–Este mismo año. Hice la ruta de costa a costa con mi mejor amiga.

–Perdona que te lo diga, pero no pareces de las que dedican sus vacaciones a hacer un itinerario a pie. Más bien te pega pasar una semana visitando las galerías de arte de alguna ciudad europea.

–Es cierto –admitió ella–. Pero Emma y yo cumplimos los treinta años con tres semanas de diferencia y me sugirió que hiciéramos algo distinto para celebrarlo. Algo más sustancial que una fiesta y menos ocioso que pasar el fin de semana en Praga o en Florencia.

Jake sonrió.

–¿Y te critica por la vida que llevas?

–Está confabulada con mi madrina –confesó–. El problema es que si me tomo un descanso y me pongo a dibujar…

–Te das cuenta de lo que te estás perdiendo y no lo soportas –adivinó él–. Dime, ¿por qué eres abogada en lugar de dedicarte a dibujar?

–Porque soy una cobarde –se limitó a decir y le dio un rápido beso en la boca.

Jake le acarició la cara y sonrió de nuevo.

–Buena estrategia de despiste, señorita Sheridan. Mensaje recibido. Pero el objetivo de esta semana es hablar con alguien que no nos juzgue y que pueda hacernos ver las cosas desde otra perspectiva.

–No te conozco lo bastante para hablar, al menos por ahora.

–Puedes dedicar los próximos días a conocerme mejor –le sugirió una vez más–. Sólo tienes que decir una palabra. Sólo dos letras. La primera es la S y la segunda, la I –le puso una mano en el seno y comenzó a acariciarle el pezón–. Tu cuerpo ya la está diciendo, Lydia –añadió con un cálido susurro.

–Lo que está diciendo mi cuerpo es otra palabra que también empieza por S, pero la segunda letra es una E y también tiene una X.

–Sí, eso también –a Jake le encantaban aquellas peleas dialécticas que mantenía con ella–. ¿Eso quiere decir que sí?

Por un momento creyó que iba a aceptar la propuesta, pero entonces frunció el ceño.

–Una cosa más. ¿Estás seguro de que esto quedará entre tú y yo? ¿No va a hablar la gente cuando volvamos a Londres?

Jake la miró sin comprender.

–No quiero que nadie diga que me acuesto con el jefe para ascender –le explicó Lydia.

–No pueden decir eso porque no hay ningún puesto al que puedas ascender –respondió sencillamente y luego le dio un beso en la punta de la nariz–. Deja de preocuparte. Estamos de vacaciones. Nadie va a hacer más preguntas.

–Eso espero.

–¿Qué me dices, entonces?

–Pues… –respiró hondo–. Está bien.

Lydia añadió algo más en un murmullo que, claramente, no quería que Jake comprendiera. Pero, a diferencia de otras partes de su cuerpo, el oído le funcionaba a la perfección.

–No voy a defraudarme.

Lydia lo miró con las mejillas del color del carmín.

—Recuérdame que tienes oído de murciélago.

—Deja de preocuparte —le pidió de nuevo, mientras le besaba el cuello—. Iremos al norte y, si el tiempo nos acompaña, podrás ver la aurora boreal. Yo tengo en mente un par de sitios más.

—¿Cuáles?

—Parte de la diversión es ver tu reacción, así que no voy a decírtelo. Confía en mí, vas a ver lo bien que lo pasamos.

—Está bien —de pronto comenzó a rugirle el estómago—. Lo siento.

Jake echó un vistazo al reloj.

—Es tarde. Si quieres, podemos salir, o pedir algo al servicio de habitaciones... y darnos un baño mientras esperamos.

—¿Un baño? —le preguntó con los ojos muy abiertos.

Estaba claro que nunca se había dado un baño junto a algún amante. Mejor. Jake estaba deseando compartir nuevas experiencias con ella.

—Podríamos comer un *smorgasbord*.

—Eso es sueco —corrigió Jake con gesto pícaro—. Ese plato aquí se llama *koltbord*. Me temo que me debes una por intentar hacerte la listilla.

—Vaya —para delicia de Jake, en lugar de echarse atrás, Lydia se entregó de lleno a la broma—. Dime, ¿qué voy a tener que hacer? —añadió en el mismo tono pícaro que había utilizado él.

A Jake le encantaba esa nueva faceta suya y esperaba poder disfrutar de ella a menudo.

—Lo pensaré mientras preparas el baño... y yo pido la cena.

–Sí, señor –bromeó, haciéndole un saludo militar–. ¿Podrías dejarme tu camisa, o pasarme mi ropa?

Ahí estaba la timidez de nuevo.

–¿Vas a meterte al baño con mi camisa puesta? Aunque… ahora que lo pienso, vas a estar muy sexy con la camisa mojada, pegada al cuerpo. Sí, me gusta.

–Compórtate –le dijo al tiempo que se ponía la camisa, pero se fue al baño con una sonrisa en los labios.

Lydia acababa de terminar de llenar la bañera cuando Jake entró al cuarto de baño. Era increíble cómo se le aceleraba el pulso cada vez que él le sonreía.

Pero había algo extraño en su gesto. Parecía tenso y Lydia no entendía por qué. ¿Acaso le preocupaba que ella fuera a cambiar de opinión? ¿O era él el que había cambiado de opinión y no sabía cómo decirle que ya no quería pasar la semana con ella?

–¿Estás bien? –le preguntó con inseguridad.

–Sí, pero me parece que aquí hay demasiada luz. Es una lástima que no tengamos velas.

–Parece que has hecho esto bastantes veces –lo que quería decir que tendría muchas expectativas que ella no podría cumplir.

–No tantas –aseguró él, acariciándole la cara como si hubiera vuelto a leerle los pensamientos–. ¿Te importa si abro la puerta y apago la luz? Así entrará la luz de la habitación; no estaremos completamente a oscuras y será más relajante que toda esta luz.

–Muy bien. Espero que esté bien la temperatura.

–Seguro que sí, Lydia –respondió, sonriente, y volvió a mirarla–. Pareces preocupada. ¿Me tienes miedo?

–No, no estoy preocupada.

–Insegura entonces.

–Tampoco.

–Igual que con el trabajo. Porque te subestimas.

Lydia negó con la cabeza.

–Sé que soy buena en el trabajo, me esfuerzo mucho para serlo. Lo que ocurre es que no quiero ser abogada.

–Quieres dibujar.

–Pero eso no significa que sea mala abogada.

–De acuerdo. Pensé que ése era el motivo por el que querías dejarlo, pero está claro que me equivoqué. Pero… –titubeó un segundo antes de continuar–: ¿Qué me dices del dibujo? ¿Por qué no quisiste enseñarle a nadie los bocetos que hiciste en casa de los Pedersen? ¿No estabas insegura?

–Dibujé a los niños delante de todo el mundo y les regalé los dibujos.

–Pero no querías que nadie viera el resto del bloc.

–Porque… –respiró hondo y resopló–. Sé que dibujo bien, Jake. Lo primero que recuerdo en la vida es haber agarrado el lápiz para dibujar. Para mí es tan natural como respirar.

–¿Entonces por qué no querías que viéramos el bloc?

–Por lo que había dibujado.

–No comprendo. Eran dibujos de nubes, por lo que vi en el avión –Jake la vio ruborizarse y enarcó una ceja–. Pero luego te sonrojaste, igual que ahora.

–Porque no sólo había dibujado las nubes.

–¿Qué más habías dibujado?

–Ya te lo enseñaré –prometió, rindiéndose.

–Dímelo.

Lydia cruzó los brazos sobre el pecho.

–Te había dibujado a ti. ¿Estás contento?

Jake parpadeó con sorpresa.

–¿A mí?

–Tienes una estructura ósea preciosa. Y los colores de tu rostro… cada vez que te veía en la oficina me daban ganas de dibujarte. Ahora ya lo sabes.

Parecía atónito.

–Ahora que lo pienso –siguió diciendo ella–. Hay algo más que quiero hacer esta semana. Quiero pintarte –lo miró a los ojos fijamente antes de añadir–: Desnudo.

Jake le dio un rápido beso en los labios.

–Me siento muy halagado… pero me parece que no. Por muy bien que pintes.

–¿Te da miedo? –lo desafió, con una pícara sonrisa en los labios–. No voy a exponer el cuadro en ninguna galería.

–Ni en ninguna otra parte –replicó él–. Además, eres tú la que me debe una a mí.

El gesto desafiante de su rostro y la sonrisa con que la miraba hizo que Lydia se sintiera fuerte y segura. Se quitó la camisa, cruzó los brazos bajo los pechos y trató de poner cara sexy.

–¿Qué te parece esto?

–No es lo que tenía en mente, pero gracias. Me gusta –la tomó en brazos y la metió al agua con delicadeza.

Lydia tuvo la impresión de que iba a decir algo más, pero luego debió de cambiar de opinión porque se limitó a abrir la puerta y apagar la luz como había dicho.

Después se desnudó.

No podía verlo bien, pero lo que veía no dejaba lugar a dudas.

–Me reitero en lo que he dicho antes. Eres muy hermoso, Jakob Andersen, y me encantaría pintarte.

–Yo también me reitero en lo que te he dicho, no voy a posar desnudo. Me estoy quedando frío, así que hazme sitio ahí dentro.

Se tumbó junto a ella de manera que Lydia apoyó la cabeza en su pecho y se acurrucó contra su cuerpo. No hacía falta hablar; era un momento perfecto.

Hasta que llamaron a la puerta y Jake se levantó a abrir. Volvió con una carísima copa de champán y una sola copa.

–Jake, yo…

Pero él no la dejó continuar.

–Permítemelo. He pedido una cena fría, así que podemos cenar más tarde –le explicó antes de servir el champán y volver al agua.

–Esto es completamente glamuroso.

–Pero le falta algo para ser perfecto. La próxima vez tenemos que tener velas.

–Te lo recordaré –se dio media vuelta para besarlo.

Cuando el agua se quedó fría, no les quedó más remedio que salir de la bañera. Jake salió y se puso una toalla a la cintura antes de ayudar a salir a Lydia para secarla y luego envolverla en un albornoz blanco y suave. Después la tomó de la mano y la llevó a la sala de estar, donde los esperaba todo un festín compuesto por una selección de quesos, ensaladas, carne fría y pan de centeno.

Fue una maravilla disfrutar de todas aquellas delicias junto a él, mientras admiraban la panorámica de Oslo.

–Mañana podemos desayunar gofres con chocolate –sugirió Jake para compensar por el hecho de que el postre fuera uno de los quesos, una dulce especialidad noruega–. Pero ahora creo que tú y yo deberíamos irnos a la cama… A no ser que quieras volver a tu habitación.

–Sería complicado tener una aventura ardiente si estamos en habitaciones separadas –señaló ella.

–Podríamos probar el sexo por teléfono –bromeó Jake.

Y ella se echó a reír.

–Creo que prefiero algo más cercano. Además, te debo una y tengo intención de hacer que disfrutes tanto como has hecho tú conmigo.

Jake la miró con los ojos brillantes.

–Dame más detalles.

–Voy a hacer algo mejor –se puso en pie y agarró la botella de champán–. Te lo voy a demostrar –añadió, dirigiéndose hacia el dormitorio para que él la siguiera.

Capítulo Cinco

–Lydia, es hora de levantarse, *min kjære* –Jake acompañó dándole un sinfín de besos en el hombro.

–¿Qué hora? –dijo ella, aún medio dormida.

–Las siete y media.

–Aún está oscuro.

–Sí, pero no llueve. Vamos a tener suerte con el amanecer –siguió dándole besos en el cuello–. Vamos, a la ducha.

–¿Vas a ducharte conmigo?

Jake se puso en tensión un instante, pero luego sonrió.

–Suena bien.

Era curioso que un hombre tan guapo pudiera mostrarse tan tímido... sobre todo después de haber pasado la noche desnudos, el uno en brazos del otro. Jake se había empeñado en mantener una luz tenue en todo momento. ¿Tendría miedo de que Lydia lo observara y luego lo pintara de memoria sin su permiso? Ella jamás haría algo así. Quería que se sintiera relajado con ella, como ella empezaba a sentirse ya con él, quizá entonces pudieran hablar más fácilmente.

Dejó que la llevara al cuarto de baño y, una vez en la ducha, comenzó a enjabonarlo sin apartar la mirada de sus ojos, oscurecidos por la excitación.

Pero cuando quiso bajar las manos hacia su abdomen, él la frenó.

–Eres preciosa –le dijo con un beso–. Me siento muy tentado a hacerte el amor aquí mismo, pero no quiero que nos perdamos el amanecer. Así que tendremos que dejar esto para más tarde –la miró de nuevo a los ojos y le dio otro beso–. ¿Cuánto tardas en vestirte?

–No puedo ponerme lo que llevaba anoche.

–Puedes pasar a tu habitación en albornoz, yo vigilaré que no haya nadie en el pasillo antes de que salgas.

Jake debió de ver en su cara que no le gustaba la idea de salir en albornoz.

–Dame tu llave y te traeré algo de ropa.

–No, no importa –Lydia se encogió de hombros y le quitó importancia–. Es una tontería.

–No es ninguna tontería, pero recuerda que esta semana es especial. Siete días robados sólo para ti y para mí, para pasarlo bien y hablar de nuestros sueños. ¿De acuerdo?

–De acuerdo.

–Ve a vestirte, pero no tardes.

–No todas las mujeres tardan horas en vestirse.

–Tú, desde luego, no necesitas maquillarte. Eres muy guapa al natural –le dijo con una sonrisa en los labios–. Y debo admitir que me gustas ligeramente despeinada, estás muy sexy –añadió, susurrándole al oído.

Lydia estaba más acostumbrada a las críticas que a las alabanzas, pero en lugar de sentirse incómoda, tuvo la sensación de estar flotando en el aire. Era increíble que un hombre como Jake Andersen pensara eso de ella.

Pero claro, no todos los hombres eran como Robbie, ya era hora de que lo superara de una vez por todas.

–Dame cinco minutos –le dijo, poniéndose el albornoz.

Y, exactamente cinco minutos después, Jake llamó a la puerta de su habitación.

Era la primera vez que lo veía en vaqueros y, si con traje estaba guapo, con ropa informal parecía un pirata vikingo; sexy y peligroso.

–¿Llevas la cámara? Porque, créeme, vas a querer hacer fotos.

–Un segundo –Lydia volvió a entrar para agarrar la cámara.

Ya en el pasillo, Jake la tomó de la mano y se dirigieron al ascensor. En el restaurante, Jake eligió una mesa junto a la ventana y le propuso pedir su desayuno preferido, cosa que ella aceptó.

Unos minutos más tarde llegó la camarera con una fuente de gofres recién hechos con chocolate caliente.

–Tienen forma de corazón. Es muy… romántico.

–Es la forma que suelen tener los *vafler* noruegos.

Jake le sirvió un par de corazones y añadió algo que parecía yogur con mermelada de albaricoque.

–¿Yogur con mermelada? –le preguntó.

–Crema agria y compota –corrigió él y se llevó una cucharada a la boca–. No llega a la altura de la que hace mi abuela, pero no está nada mal.

Lydia lo probó también y descubrió un sabor que no reconocía, pero que le encantó.

–¿De qué es la compota?

–Camemoro, o frambuesa amarilla, pero no es la mejor época para tomarlos frescos. Cuando es la temporada, son deliciosos.

Pero entonces, que seguramente sería en verano, Jake y ella estarían muy lejos de allí. Y separados.

Prefirió no pensar en ello, pues se suponía que aquella semana era para disfrutar del presente. Sin recriminaciones.

Era muy temprano todavía, por lo que eran los únicos clientes del restaurante. Jake aprovechó dicha tranquilidad para, cuando hubieron terminado los gofres, agarrar a Lydia de la mano y hacer que se sentara en su regazo.

–Mira –le pidió.

En el horizonte había aparecido un destello dorado que anunciaba la salida del sol. El cielo comenzó a teñirse de rosa, amarillo y lila y las nubes parecían tener un perfil dorado. Todo eso se reflejaba en el fiordo. Lydia jamás había visto un amanecer tan impresionante, ni siquiera en Italia.

–Tienes razón, tengo que hacer fotos –dijo, maravillada. Después lo reflejaría en un cuadro–. Qué colores tan increíbles –murmuró mientras hacía una foto tras otra–. Muchas gracias.

–Si tenemos suerte, puede que esta semana veamos nubes de madreperla.

–¿Nubes madreperla?

–Sí, nubes nacaradas. Se ven a veces justo antes del amanecer o después del ocaso –se sacó el teléfono móvil del bolsillo y le mostró una foto–. Como éstas.

Entonces comprendió el porqué del nombre. Realmente parecían de nácar.

–Qué preciosidad. Dan ganas de pintarlas.

A continuación le mostró una imagen en la que se veía un arco de luz que parecía un arcoíris, aunque más bien era un círculo formado por arcoíris brillantes.

–Qué composición tan bonita –comentó Lydia.

–No, es una imagen real. Es un halo de hielo y un

pilar de sol. Se ve cuando el sol está bajo y se refleja en los cristales de hielo que hay en el cielo. Yo sólo lo he visto una vez… aquí en Noruega, cuando era niño, pensé que era como si una araña hubiese tejido una red de arcoíris en todo el cielo.

–Me encanta la explicación.

Jake la estrechó en sus brazos y la besó en el cuello.

–Necesito media hora para hacer unas llamadas. Reservaré los billetes y el hotel para alojarnos en el norte. Después podemos ir de compras y te enseñaré un poco la ciudad.

–Me parece bien. Ven a buscarme a la habitación cuando estés preparado.

Lydia aprovechó para descargar las fotos que había hecho en el ordenador, después eligió la que más le gustaba y comenzó a plasmar la imagen en un dibujo al pastel, trazando con los dedos los rayos del sol. Estaba tan concentrada que perdió por completo el sentido del tiempo y se sobresaltó cuando oyó que llamaban a la puerta.

–¿Estás preparada? –le preguntó Jake en cuanto le abrió.

–Tengo que lavarme las manos.

–¿Puedo? –dijo, mirando el bloc, abierto sobre la mesa.

–Adelante.

Seguía mirando los dibujos cuando Lydia salió del cuarto de baño.

–Estoy impresionado.

–Gracias.

–Casi me siento culpable por interrumpirte, pero nos vamos al norte y necesitamos ropa.

–Ya tengo ropa. Me dijiste que llevara varias capas y eso he hecho.

Él meneó la cabeza.

–No es suficiente. Allí no puedes ir con vaqueros o te congelarás. ¿Has traído bañador?

–¿Necesito ropa de más abrigo, pero quieres que lleve bañador?

–Para el jacuzzi… a no ser que encontremos uno privado, en ese caso no necesitarás nada, *elskling*.

La imagen que apareció en su mente le provocó un escalofrío de excitación.

–Así que, vamos de tiendas.

Jake fue explicándole cosas sobre la ciudad, pero le prometió hacer turismo en cuanto hubieran resuelto el tema de la ropa.

Al ver la ropa interior térmica que Jake había elegido para ella en la tienda, Lydia se echó a reír.

–¿Qué?

–Se supone que vamos a tener una aventura ardiente y tú quieres que me compre la ropa menos sexy que he visto en mi vida.

Jake se acercó con una sonrisa en los labios y le habló al oído.

–Primero, soy yo el que va a comprar y no quiero discusiones. Segundo, donde voy a llevarte, vas a necesitar ropa térmica. Y, tercero, te aseguro que tú harás que resulte sexy.

Sintió el roce de su respiración en la piel y se estremeció de placer.

–¿Me lo aseguras? –le preguntó, con voz temblorosa.

–Sí. Y yo siempre cumplo mis promesas.

Después de eso, Lydia no tuvo fuerzas para hablar

más. No protestó cuando Jake sacó la tarjeta de crédito, pero decidió que lo invitaría a cenar y quizá le comprara algo en otro momento, para quedar iguales.

Después se empeñó en buscar unas gafas de sol que los protegiera del reflejo del sol en la nieve y unos graciosos gorros.

–Ríete todo lo que quieras, *min kjære*–le dijo al ver la reacción de Lydia al verlo con el gorro puesto–. Ya me lo dirás cuando te duelan las orejas del frío y yo tenga las mías bien calentitas.

Después se probó otro de estilo ruso, no sin antes asegurarse de que era de piel sintética y no natural. Lydia siguió riéndose.

–Yo compro los gorros –dijo entre carcajadas.

–No es necesario.

–Lo sé, pero quiero hacerlo.

–Está bien. Gracias –Jake se acercó a ella y le dio un beso en el cuello–. Ya te lo agradeceré mejor luego.

Un nuevo escalofrío de deseo recorrió la espalda de Lydia, que tuvo que concentrarse en encontrar un sombrero para ella.

–¿Estoy muy ridícula con éste? –dijo, probándose uno parecido al de él, pero de color gris en lugar de negro.

–Estás preciosa. Estoy deseando verte posando para mí… sólo con el sombrero y unos tacones.

–Encantada… si tú también posas para mí –respondió impulsada por la mirada de deseo de Jake.

Jake soltó una carcajada.

–No me favorecen los zapatos de tacón.

Lydia no pudo hacer otra cosa que echarse a reír también.

–Jakob Andersen, eres imposible.

–Vamos a hacer un poco de turismo –anunció, agarrándola del brazo.

Era una maravilla pasear del brazo de un hombre como él. Era evidente que conocía muy bien la ciudad, así que fue un magnífico guía que le mostró las principales atracciones de Oslo: el castillo, el museo vikingo…

–Puedo verte perfectamente a bordo de uno de esos barcos, dando órdenes a tus hombres –le dijo Lydia, observando uno de los barcos vikingos.

–Prefiero pedir en lugar de dar órdenes –matizó él y sonrió–. Pero es cierto que me encantan los barcos. Solía venir a navegar con mi abuelo por los fiordos todos los veranos y a veces me imaginaba que era un guerrero vikingo en busca de nuevas tierras.

–¿Nuevos pueblos que conquistar?

–Con los que comerciar –corrigió–. Mi abuelo solía hablarme de la iolita.

Lydia buscó en su memoria.

–¿Eso es una piedra azul que se utiliza en joyería?

–Sí, pero los vikingos la utilizaban como filtro para mirar al sol y orientarse en el mar. La llamaban piedra de sol.

Después de dicha conversación, Jake le compró un pisapapeles de iolita en la tienda del museo y se la regaló.

–Supongo que, como artista que eres, apreciarás la belleza de la piedra.

–Tiene un color precioso. Muchas gracias.

–Si la observas bien, verás que cambia según dónde mires. Por eso la llaman también zafiro de agua.

–Piedra de sol, zafiro de agua… me encanta –aseguró, agradecida–. Voy a llevarle unas postales de los barcos a Emma para que se las enseñe a los niños.

–¿Tu amiga tiene hijos?

–No, es maestra de niños de ocho años.

–Ah.

Pero Lydia se dio cuenta de que Jake había vuelto a alejarse mentalmente de ella una vez más. Estaba claro que tenía algo que ver con los niños. Deseó animarlo a que hablara de ello, pero tenía la impresión de que necesitaba más tiempo, así que optó por agarrarlo del brazo y pedirle que siguiera enseñándole Oslo.

Elisabet y Nils no se habían equivocado al decirle que le gustaría la Ópera de Oslo, un edificio de piedra y cristal que, además, ofrecía la posibilidad de ver la ciudad desde su azotea.

–No me extraña que te guste tanto Noruega –le dijo, sonriendo–. Gracias por compartir todo esto conmigo.

–Es un placer.

A continuación la llevó al museo de Munch.

–Ningún artista puede irse de Oslo sin ver el cuadro noruego más famoso –le dijo cuando se encontraron delante de *El grito*.

Lydia estaba disfrutando como una niña paseándose de la mano de Jake por el museo y viendo todas aquellas obras increíbles.

–Este cuadro es pura sensualidad –comentó Lydia al observar la Madonna.

–Dan ganas de tocarla, ¿verdad?

–Supongo que, si fuera un hombre, eso es lo que sentiría, pero a mí en realidad me dan ganas de pintar a cierto caballero, desnudo de cintura para arriba, tumbado en una cama y completamente abandonado al placer.

–Desnudo de cintura para arriba –repitió con gesto pensativo.

–En realidad lo preferiría completamente desnudo… cómodo y ansioso por recibir lo que le ofrezco a cambio de posar para mí.

–¿De qué se trata?

Lydia lo miró y se atrevió a susurrarle al oído lo que estaba pensando.

–Lydia, no podemos tener esta conversación en un lugar público.

Era evidente que había conseguido tentarlo.

–¿Qué sugieres?

–Que la tengamos en un lugar más privado en cuanto anochezca.

Antes de eso, la llevó al barrio de Frogner, lleno de pequeñas tiendas de antigüedades y de los locales más modernos de ropa de diseño. Mientras paseaban, Lydia vio unos pendientes en un escaparate y quiso entrar a comprarlos.

–Tú no tienes agujeros en las orejas –observó Jake.

–Son para Polly, mi madrina –le explicó–. Son el regalo perfecto para ella. Le va a encantar el diseño.

–¿El diseño?

–Sí, ella se fija en esas cosas porque es diseñadora de ropa –sonrió con tristeza antes de continuar–: No comprendo cómo puede ser la mejor amiga de mi madre; son completamente distintas.

–¿Estás muy unida a esa Polly?

–Sí. Me resulta fácil hablar con ella.

–Supongo que, como diseñadora, comprenderá lo que sientes por el arte.

–Sí. Mis padres creen que dejé todo eso antes de la universidad. Nunca hablo de eso con ellos, sin embargo Polly siempre me anima a continuar pintando.

–Me alegro de que tengas a alguien de tu lado. Es eso a lo que quieres dedicarte, ¿verdad?

–Llevo mucho tiempo luchando –admitió–. Pero creo que ha llegado el momento de seguir los dictados de mi corazón, en lugar de los de mi cabeza.

–¿Son dos cosas opuestas por fuerza?

–No lo sé. Puede ser.

–¿Y qué es lo que te frena? ¿El dinero?

–No. Sé que al principio no ganaré mucho, pero tengo ahorros suficientes para un tiempo.

–¿Entonces? ¿Qué es lo que te lo impide?

–No lo sé.

–Sí que lo sabes –la contradijo con suavidad–. Dilo en voz alta y así te resultará más fácil.

Quizá tuviera razón. Lydia respiró hondo antes de hablar.

–La costumbre, supongo. Y me imagino que también el miedo. Sé que dibujo bien, pero hay millones de personas que dibujan igual o mejor que yo. No sé si soy lo bastante buena como para destacar de los demás.

–A veces hay que arriesgarse –opinó Jake–. Si sale mal, siempre puedes volver a la abogacía. O podrías seguir trabajando de abogada a tiempo parcial y dedicar el resto del tiempo al arte.

–Ya lo había pensado, pero creo que así no estaría intentándolo realmente. Me parece que merece la pena dedicar toda mi energía a ello.

–Tienes razón –dijo, estrechándole la mano–. Creo que ya has tomado una decisión.

–¿Y tú?

–¿Yo? Yo estoy bien.

Lydia sabía que estaba mintiendo, pero aún no sabía qué preguntas hacerle para ayudarle a hablar en lugar de esconderse tras un muro inquebrantable.

–En ese caso, entremos a comprarle los pendientes a Polly.

También compró otros de plata y cristal para Emma.

–Tú no llevas ningún tipo de joyas –observó Jake.

–No, pero la verdad es que cualquiera de estas pulseras de cristal podría tentarme. Me encantan los colores, sobre todo el azul.

–¿Es tu color preferido? –adivinó.

Lydia asintió.

–El azul zafiro –el color de los ojos de Jake. Intenso. El color del cielo noruego.

–Entonces seguro que te gusta la hora azul.

–¿Qué es eso?

–Es la última hora antes de la puesta de sol, la luz parece casi azul. Es una lástima que no esté nevando porque el parque está mucho más bonito con nieve.

Ese parque resultó ser el parque Vigeland, un lugar lleno de esculturas de granito, bronce y hierro que fascinaron a Lydia. Especialmente el enorme monolito de catorce metros que había en el centro.

–Tardaron catorce años en tallarlo –le explicó Jake.

–Es impresionante. Me gusta la imagen de la gente agarrándose unos a otros. Transmite esperanza, ¿no te parece?

–Es una de las interpretaciones.

Lydia le pasó la mano por la cintura y lo estrechó con fuerza.

–Jake, ha sido un día perfecto. Me ha encantado todo: los barcos, los cuadros, y ahora esto.

–Me alegro. Tú también has hecho algo por mí; has

hecho que viera las cosas como si fuera la primera vez y que volvieran a maravillarme.

—Colócate junto a la escultura, quiero hacerte una foto.

Eso hizo. Luego Lydia siguió el impulso de fotografiar sólo el rostro de Jake.

—¿Quieren que les haga una foto juntos? —le ofreció de pronto una mujer.

Jake asintió de inmediato y Lydia sonrió, encantada, y le dio las gracias a la mujer.

Mientras posaba con Jake abrazándola por detrás, pensó lo fácil que le resultaría enamorarse de él.

Pero ése no era el trato que habían hecho.

Sería mejor que no lo olvidara.

Debía recordar que iba a ser sólo una semana robada a la realidad. Después de eso... no tenía la menor idea de lo que le deparaba el futuro.

Capítulo Seis

En el camino de vuelta del parque, Jake encontró un pequeño café y le propuso que cenaran allí. A Lydia le encantó el ambiente del local en cuanto entró: mesas de madera rústica, luz tenue y una mujer tocando el piano y cantando jazz. Perfecto.

El único problema era que la carta estaba sólo en noruego.

–Si quieres, te traduzco, o puedes fiarte de mí y dejar que pida para los dos.

Fiarse de alguien.

Durante los últimos diez años Lydia había dependido únicamente de sí misma.

Pero aquella semana era especial. Y lo cierto era que no dudaba en confiar en Jake. Había pasado la noche en sus brazos, le había contado sus sueños.

–Pide tú.

–¿Te gusta el vino tinto?

–Sí, pero no más de una copa –quería tener la cabeza despejada para poder convencer a Jake de que posara para ella y pintar la imagen que había visto en su mente.

–Sí, yo también voy a tomar sólo una copa. Ahora vuelvo –se levantó a pedir en la barra.

Viéndolo allí, Lydia volvió a sentir la necesidad de dibujarlo, apoyado en la barra de madera, la curva de su trasero era sencillamente perfecta.

Volvió a la mesa con dos copas de vino justo en el momento en que Lydia estaba guardando el bloc.

—Enséñamelo —era una invitación más que una orden.

Lydia le dejó el bloc sin protestar.

—Tramposa —dijo al ver que lo había dibujado a él.

—Irresistible —replicó ella—. ¿Te acuerdas de lo que dijiste antes, de que daban ganas de tocar el cuadro?

—Sí.

—Bueno, pues eso es precisamente lo que siento al ver eso —le dijo con voz profunda y sensual—. Quiero tocarlo y tengo intención de hacerlo luego.

Jake se humedeció los labios con la lengua.

—Tengo la tentación de decirles que se olviden de nuestra comida y así podemos irnos directamente al hotel.

—No —dijo ella, y le agarró la mano, entrelazando sus dedos con los de él—. Me gusta este lugar y me gusta estar aquí juntos, compartirlo contigo.

—A mí también —respondió él sin apartar la mano, mientras seguía pasando las hojas del bloc con la otra mano—. Esto es realmente bueno, Lydia —concluyó una vez los vio todos—. Estoy siendo completamente sincero. Yo no tengo ningún talento para el arte, pero sí sé apreciar el trabajo de los demás.

—¿Entonces vas a dejar que te haga un verdadero retrato? ¿En lugar de tener que dibujarte a escondidas cada vez que te das la vuelta?

Jake se quedó pensativo unos segundos.

—¿Y quién lo vería?

Resultaba muy curioso que alguien que estaba tan seguro de sí mismo en los negocios fuera tan tímido físicamente. Sobre todo teniendo en cuenta que era el hombre más guapo que Lydia había visto en su vida. Seguramente las mujeres caían rendidas a sus pies, así que debía de saber lo guapo que era.

No, aquella extraña timidez estaba provocada por algo. Algo que Lydia aún no había descubierto. Por el momento iba a concentrarse en asegurarle que no corría ningún peligro dejándose pintar.

–Sólo yo. Te lo prometo –Lydia hizo una pausa antes de añadir–: Y yo siempre cumplo mis promesas, Jake.

–Lo pensaré, pero no te prometo nada.

Cuando llegó la comida, Lydia comprobó que estaba tan deliciosa como bien presentada.

–Si supiera cocinar, me gustaría preparar algo parecido a esto –admitió nada más probar el cordero en salsa de vino y arándanos rojos.

–¿No sabes cocinar? –Jake parecía muy sorprendido.

–Sé hacer cosas sencillas, pero la verdad es que no se me da muy bien.

–Prefieres dedicar tu tiempo libre a pintar.

–Sí.

–Entonces supongo que tendrá que saber cocinar la persona con la que compartas tu vida.

–No todo el mundo quiere vivir su vida en pareja –dijo Lydia, pensando en Robbie y en que la había abandonado en cuanto su relación había tenido que afrontar el más mínimo problema. Con eso esperaba apartar a Jake del tema.

–¿No quieres tener pareja e hijos? ¿No quieres formar una familia? –volvía a mostrarse sorprendido–. Sin embargo es evidente que se te dan muy bien los niños, no había más que verte con Morten y Kristin.

–Me gustan los niños –aclaró Lydia y siguió comiendo, pero Jake no cambió de tema sino que se limitó a esperar a que ella completara su respuesta. Estaba claro que no iba a dejarla escapar tan fácilmente–. Está bien –dijo con resignación–. Sí, en un mundo ideal, algún día me gustaría formar una familia.

Sólo con pensarlo, Lydia se vio invadida por una sensación agridulce. Sabía que la familia que deseaba no se parecería en nada a la familia en la que ella había crecido. Si alguna vez encontraba a la persona perfecta con la que tener hijos, no cometería los mismos errores que habían cometido sus padres. Ella animaría a sus hijos a perseguir sus sueños y, por encima de todo, a ser felices.

Jake lamentó haberla presionado para que contestara. Lo poco que le había contado sobre sus padres había servido para darse cuenta de que la infancia de Lydia había sido muy diferente de la suya; era evidente que no había tenido la suerte de contar con el apoyo y el amor incondicional de sus padres, algo de lo que sí había disfrutado Jake. Había pensado, incluso quizá esperado, que por culpa de esa infancia, no quisiera tener hijos. Quizá así podría haber habido algún futuro entre ellos.

Qué tonto había sido por pensar eso.

–Tú no quieres tener familia, ¿verdad?

Jake no esperaba aquella pregunta.

–¿Por qué dices eso?

–Porque cada vez que alguno de los dos decimos algo sobre niños, te quedas muy callado –Lydia alargó la mano y entrelazó los dedos con los de él–. Estás muy unido a tu familia, así que supongo que hay otro motivo para que no quieras tener hijos. También a ti te han hecho daño.

Desde luego había sido muy certera. Probablemente fuera su percepción de artista, pero el caso era que Jake sentía que era capaz de ver en su interior. No se dejaba despistar por la fachada de hombre encantador y seguro de sí mismo, como hacía todo el mundo.

Y, si dejaba que lo retratara, vería todo lo demás. Lo vería y haría preguntas y eso le daba pánico. No podía hacerlo.

Sin darse cuenta, apretó los dedos que ella tenía agarrados.

—¿Qué es lo que me dijiste tú? Dilo en voz alta y así parecerá más pequeño —recordó Lydia—. Tienes razón. Funciona.

Quizá fuera cierto, pero por mucho que hablara el problema de Jake no parecería más pequeño. No podía arreglarse. Sólo estaba… en suspenso.

Por el momento.

—¿Jake?

Podría contarle algo. Pero no todo.

—Estuve prometido. Pero no salió bien.

—¿No era la persona adecuada?

—No —aunque en cierto momento había llegado a pensar que sí lo era. Grace, dulce, hermosa y delicada.

Demasiado delicada.

—No sientas lástima por mí —se apresuró a decir—. Fui yo el que rompió —era cierto… en parte.

Grace había querido romper, pero se había sentido atrapada. ¿Qué clase de mujer abandonaba al hombre al que amaba en cuanto se encontraba con el primer escollo? ¿Qué habría pensado la gente de ella? Jake lo había visto en sus ojos. Miedo y culpa.

Y lástima.

Eso había sido lo más duro, tener que enfrentarse a su lástima. No quería volver a verlo en la mirada de nadie.

–Queríamos cosas distintas –añadió para evitar más preguntas.

Aunque no era cierto porque él había querido lo mismo que Grace, sólo que no había podido dárselo. Por eso había roto, para que ella no acabara odiándolo. Y se había dado cuenta de que había hecho lo correcto al ver el alivio reflejado en su rostro. El alivio de saber que podría llevar una vida normal sin tener que someterse a la fecundación in vitro, ni tener que abortar. Sin correr el peligro de quedarse viuda demasiado joven y tener que criar sola a sus hijos.

–¿Ella quería tener hijos?

–Sí. Y yo no creo que sea justo tener hijos si uno está centrado en su carrera –era cierto que creía eso, pero también era una maniobra de despiste. Sólo esperaba que Lydia llegara a la conclusión de que él quería centrarse en su carrera y no adivinase la verdad que trataba de esconder.

La verdad era que Jake deseaba formar una familia más que nada en el mundo, pero había decidido no ser egoísta porque no tenía ninguna garantía de que fuera a estar vivo mucho tiempo y no quería dejarle esa carga a nadie.

Pero entonces vio algo en el rostro de Lydia y supo que había tocado un tema delicado para ella. Sus padres no la habían impulsado a cumplir sus sueños; seguramente porque habían estado demasiado centrados en sus carreras y no habían tenido tiempo para ella.

—A lo mejor deberíamos cambiar de tema —propuso Jake—. Me parece que a los dos nos resulta incómodo hablar de esto.

—Es incómodo, sí. Podemos enfrentarnos a ello, o ser cobardes y evitar el tema.

—Hay una tercera alternativa, hablar de lo que nos resulta incómodo poco a poco.

—Y ser sólo medio cobardes —concluyó ella.

—A mí me funciona.

Pasaron el resto de la cena en silencio, por miedo a volver a tocar un tema delicado.

—Lydia —dijo él por fin—. Estás en tensión y yo también. Sólo se me ocurre una manera de solucionarlo. Espérame un segundo mientras voy a pagar la cuenta.

—No, esta vez pago yo —Lydia ni siquiera le dejó protestar—. Dijimos que esta semana nos trataríamos de igual a igual.

Se veía que era tan orgullosa como él.

—Entonces gracias por la cena —se limitó a decir Jake, con todo respeto.

—*Vær så god.*

«De nada». La pronunciación no era del todo buena, pero a Jake le encantaba que al menos lo intentase. Quizá porque Grace nunca había intentado aprender ni una sola palabra de noruego. En aquel tiempo a Jake le había gustado que hubiese confiado en él hasta el punto de depender completamente de él cuando habían estado en Noruega. Ahora, sin embargo, se daba cuenta de que había sido un tonto vanidoso; ya no quería alguien a quien proteger, quería una mujer a la que mirar de igual a igual… alguien que confiase en él para buscar su ayuda, pero alguien a quien él también pudiese recurrir las pocas veces que necesitaba ayuda.

Alguien como Lydia Sheridan.

Apartó aquel pensamiento de su mente. Ambos se encontraban en una encrucijada y debían encontrar el camino que querían seguir, pero no tenía por qué ser el mismo para los dos. Así pues, aceptaría aquella semana como habían acordado; unos días para intercambiar ideas y disfrutar con alguien de Noruega… y del sexo.

Nada más.

Ni más profundo, ni más romántico que eso.

Una vez fuera del restaurante, Jake le pasó el brazo por la cintura y la estrechó en sus brazos. Caminaron en silencio hasta el hotel, pero ahora no había tensión alguna en dicho silencio. Estaba más bien cargado de excitación y de impaciencia.

Necesitaba perderse en ella por un momento. Olvidarse de quién era.

—Esta noche vamos a mi habitación —anunció ella y Jake no protestó.

Pero en cuanto entraron y él comenzó a besarla, Lydia lo frenó.

—No tan rápido —le dijo—. Antes quiero hacer algo.

—Lo siento, pero creo que no puedo posar desnudo.

Lydia frunció el ceño.

—Jake, eres el hombre más guapo que he visto en mi vida y ya te he prometido que no le enseñaré el dibujo a nadie. No voy a exponerlo, ni a hacer nada que pueda comprometerte en el trabajo.

¿Era eso lo que creía que le preocupaba? Pero, si le contaba la verdad, sí que no podría posar para ella.

—Si te hace sentir mejor… nunca le he pedido a nadie que posara para mí —aseguró.

—¿Entonces por qué quieres que lo haga yo?

—Porque eres muy hermoso —dijo sencillamente—. Y porque esta semana es especial. Una semana para divertirnos sin preocuparnos por nada —al ver que él no decía nada, siguió hablando ella—. Está bien, reconozco que en este caso la diversión será sólo mía y tú sólo tendrás que quedarte sentado. Pero recuerda que se suele decir que los que saben esperar siempre reciben alguna recompensa.

—¿Qué clase de recompensa?

Lydia esbozó una sonrisa.

—Supongo que podemos llegar a un acuerdo, pero podríamos empezar por lo que te propuse en el museo.

—Vaya —fue todo lo que pudo decir Jake al recordar lo que la boca dulce de Lydia le había susurrado al oído.

Tenía que tomar una decisión. O la apartaba de su lado… o la dejaba continuar. Sabía que, en cualquier caso, tendría que enfrentarse a sus preguntas. Tendría que enfrentarse a sus demonios… y quizá vencerlos. Quizá entonces pudiera mirar a la gente a los ojos sin miedo a ver la lástima reflejada en ellos.

Levantó los brazos y dejó que Lydia le quitara la camiseta.

Contuvo la respiración mientras le desabrochaba los vaqueros. Por la sonrisa que apareció en su rostro supo que había notado su erección. Lo acarició por encima de la ropa interior, recorriendo la longitud de su sexo.

¿Cómo esperaba que se quedara allí, tranquilo, mientras ella lo pintaba, cuando lo que realmente deseaba era estrecharla en sus brazos y sumergirse en su cuerpo?

–Paciencia –le susurró ella–. Te prometo que merecerá la pena.

Se arrodilló frente a él e hizo que se estremeciera mientras le bajaba el vaquero lentamente. Le quitó las botas y los calcetines. Allí estaba Jake, en calzoncillos delante de ella, completamente inseguro de sí mismo. Como si tuviera dieciséis años en lugar de treinta.

–Nunca he posado para nadie.

–No voy a hacerte ningún daño –le dijo suavemente.

Quizá no físicamente, pero ya sentía la tensión en el cuello y en la boca del estómago.

Lo llevó hasta la cama, colocó los almohadones y le pidió que se tumbara con un brazo bajo la cabeza y la otra mano detrás de la espalda, en la zona lumbar.

–Perfecto. ¿Estarás cómodo en esa posición?

–Creo que sí. ¿Quieres que cierre los ojos?

–No. Quiero que los tengas bien abiertos –dijo mientras se quitaba el suéter y se subía las mangas de la camiseta–. Voy a trabajar lo más rápido que puedas, pero dime si estás incómodo o necesitas hacer un descanso para moverte, ¿de acuerdo?

–Sí.

–Una última cosa. No muevas las manos –le advirtió y entonces esbozó una pícara sonrisa, le puso las manos en la cinturilla del calzoncillo y se lo quitó antes de que Jake se diera cuenta realmente de lo que iba a hacer.

Ya no podía echarse atrás.

Sólo le quedaba esperar que Lydia no se diera cuenta de que era la primera persona que lo veía así después del cirujano.

–Eres perfecto, Jake –susurró–. Impresionante.

Jake podría haberse echado a llorar. No era perfecto, ni mucho menos.

Estaba mirándola a la cara fijamente, por lo que supo exactamente el momento en que lo vio.

–¿Jake?

–No es nada importante –ahí sí que mintió. Contuvo la respiración a la espera de que Lydia le llevara la contraria y le tuviera lástima.

–Es lo bastante importante para hacerte sentir vergüenza. Supongo que por eso siempre quieres poca luz.

Ahí estaba la perspicaz abogada que siempre iba directa al grano. Jake cerró los ojos, incapaz de enfrentarse a su lástima.

–Sabes que los fabricantes de alfombras persas –comenzó a contarle Lydia con una voz suave como el terciopelo– siempre añadían deliberadamente alguna imperfección en sus alfombras, porque la artesanía nunca puede ser perfecta. Porque en realidad esa pequeña imperfección lo que hace es resaltar aún más la perfección del conjunto.

Sintió el roce de su boca en los labios y entonces volvió a abrir los ojos.

–Si no quieres seguir, puedo dibujarte de memoria más tarde.

–¿Con las cicatrices y todo?

Lydia lo besó de nuevo, pero más despacio.

–Confías en mí, ¿verdad? –le preguntó, utilizando la misma técnica que había usado él antes.

—Como abogada, sí —respondió él después de unos segundos.

Ella se echó a reír.

—Yo soy la misma, como abogada o como artista. Me gusta mucho lo que veo y por eso quiero plasmarlo en el papel. Tienes cicatrices, sí, pero son parte de ti. Nadie es perfecto, Jake. Todo el mundo tiene cicatrices, marcas de nacimiento, pecas y otras cosas que pueden considerar imperfecciones, pero que el resto de la gente ni siquiera ve.

No se había apartado de él. No había visto asco, ni lástima, ni culpa en su mirada. Había visto preocupación, sí, y quizá cierto temor a estar sobrepasando los límites. Ella misma le había dicho que nunca le había pedido a nadie que posara para ella. Si Jake se echaba atrás ahora, Lydia pensaría que estaba rechazándola a ella, no dejándose llevar por sus propios temores.

Además, si admitía que le daba miedo, ella le preguntaría por qué. Y entonces tendría que contarle el origen de aquellas cicatrices… algo que no podría hacer.

—Adelante —le dijo—. Hazlo.

Lydia seguía sin comprender por qué Jake se mostraba tan reticente, pero prefirió no hacer preguntas.

—Gracias —le dio un rápido beso en los labios.

Un segundo después estaba sentado frente a él, preparada para retratarlo. Era casi como lo había imaginado, sólo faltaba el gesto de deseo y excitación en el rostro de Jake. Algo que sabía cómo conseguir, aunque eso significase dar un paso más por su parte, una paso más para superar sus propias limitaciones.

—Jake... no te muevas, pero quiero que me escuches. Cuando termine —comenzó a decirle mientras empezaba a trazar el contorno de su cuerpo sobre el papel— voy a cumplir lo que te he prometido. Vas a seguir ahí tumbado, pero con las dos manos bajo la cabeza y conmigo desnuda a tu lado. Voy a darte un millón de besos... húmedos y ardientes, con la boca abierta, y voy a acariciarte por todo el cuerpo hasta que me supliques que te toque de una manera más íntima.

Tal y como esperaba, la expresión de su rostro cambió por completo. Abrió los labios ligeramente; aunque no hubiese estado desnudo, Lydia habría sabido que estaba excitado, pues en sus ojos había una luz distinta. Estaban iluminados por la pasión y el deseo.

Resultaba difícil concentrarse en el dibujo y no dejarse llevar por el impulso de acercarse a tocarlo.

—Voy a besarte y a lamerte hasta que no puedas aguantar más, Jake.

Lydia lo vio estremecerse y sintió un profundo placer. De su boca salió un leve gemido, pero no se movió.

Jakob Andersen era el súmmum de hombre: tenía la edad suficiente para gozar de experiencia, pero era lo bastante joven para disfrutar de todo aquello. Todo eso unido a una fuerza interior que lo hacía sencillamente irresistible.

—Voy a acariciarte con los labios y con la lengua —siguió diciéndole—. Y vas a sentir que te derrites cuando alcances el clímax.

—Lydia, tienes que dejar de hablar —le dijo con la voz entrecortada y en tono de súplica—. No creo que pueda contenerme mucho más tiempo.

A Lydia no le quedó más remedio que dejar de hablar y concentrarse en el dibujo para terminar lo más rápido que pudiese. Y por fin llegó el momento de decirle que ya podía moverse.

Jake no tardó ni un segundo en ponerse en pie y tomarla en sus brazos. La besó con tanta pasión que no le quedó ninguna duda de sus intenciones.

–¿No quieres verlo? –le preguntó Lydia.

–Claro que quiero. Quiero verte desnuda… ya.

–Me refería al dibujo.

–Sí, eso también –pero ya había empezado a quitarle la camiseta.

Sin embargo se detuvo para ver la obra terminada. Al ver que pasaba el tiempo y no decía nada, Lydia lo miró y le susurró:

–¿Jake?

–No suelo quedarme sin palabras –dijo él–. Es… es increíble.

–Y discreto, como te prometí –se había detenido en la cintura–. Pero ya te he dicho que no va a verlo nadie más que yo –añadió, con un beso.

–¿Tú me ves así?

–Así te imaginé cuando estábamos en el museo. Y, bueno, era el aspecto que tenías mientras te hablaba –resultaba muy excitante saber que había podido provocar tal gesto de deseo en él.

Jake se llevó la mano de Lydia a la boca y le besó la cara interna de la muñeca.

–Eres increíble. El mundo no debería perderse semejante talento.

Lydia le puso la mano que le quedaba libre en la mejilla.

–Hay mucha gente que dibuja y pinta mejor que yo.

–¿Por qué eres tan dura contigo misma?

–No soy dura –sólo decía lo que siempre le habían dicho a ella. Había artistas a patadas.

–Sé lo que sentía cuando me estabas hablando y puedo asegurarte que lo has plasmado perfectamente en el papel –le dijo con una mirada intensa–. Estaba muy excitado… Desesperado de ganas de estar dentro de ti.

–Cualquier mujer se arrancaría la ropa de inmediato para estar contigo.

–¿De verdad? Pues en estos momentos sólo hay una mujer con la que quiero estar.

Entrelazó los dedos con los de ella y la llevó al cuarto de baño para lavarle las manos con delicadeza. Lydia se sentía como un tesoro entre sus manos y, cuando hubo terminado de lavarla y secarla, estaba temblando de deseo.

–Me sentía igual que te sientes tú ahora… a juzgar por la expresión de tu rostro –le dijo él.

–Como ya te he dicho… yo cumplo mis promesas. Y voy a hacerlo ahora mismo.

–¿Ah, sí?

Para responderle, Lydia se quitó el resto de la ropa, le dio un beso y después volvió a llevárselo a la cama. Una vez lo hubo tumbado sobre los almohadones, sonrió.

–Voy a cumplir todas y cada una de las cosas que te he dicho –susurró.

Y eso hizo.

Capítulo Siete

El domingo por la mañana Lydia despertó en los brazos de Jake. Pero lo más extraño era que tenía la sensación de estar en casa; cómoda y a salvo, y no en una habitación de hotel a cientos de kilómetros de su apartamento de Londres.

No pudo contener una sonrisa al recordar la noche anterior. Después de cumplir sus promesas, Jake y ella se habían duchado juntos, él había comenzado entonces a tocarla y Lydia lo había detenido para aclararle que no tenía por qué hacerlo.

–De igual a igual –le había recordado él.

–Sí, pero estoy agotada –había puesto mucha energía en el retrato–. Lo único que quiero hacer es quedarme dormida entre tus brazos.

Y así había sido como había despertado. Podría ser tan fácil acostumbrarse a aquello, tan fácil enamorarse de Jake. Era tal y como siempre había imaginado al hombre con el que quería compartir su vida. Un corazón generoso, una mente brillante, un cuerpo hermoso y una sonrisa que hacía que le temblaran las piernas.

Por no hablar de sus dotes para el sexo.

Pero no debía olvidar que Jake no andaba buscando una relación; le había dicho claramente que prefería concentrarse en su carrera. Entre ellos sólo habría una aventura sin futuro. Lo más sensato sería establecer cierta distancia emocional, y quizá también física, entre ellos.

Entonces recordó una vez más que aquella semana era un paréntesis de su vida cotidiana, unos días al margen de todo. Y Lydia quería aprovecharlos al máximo. Así que decidió dejarse llevar y sentir, y vivir con intensidad para poder recordarlo el resto de su vida.

Jake debió de sentir que se había despertado porque movió la cara lo justo para poder besarla. Ella se acurrucó contra su cuerpo.

—Buenos días —dijo él, besándole el cuello.

—Buenos días.

—Hueles de maravilla, Lydia Sheridan —la giró con delicadeza hasta dejarla tumbada boca arriba y quedar arrodillado entre sus piernas.

La besó con una suavidad y una ternura que despertaron en ella una sensación que Lydia no sabía cómo describir, pero que sabía no había sentido jamás.

Mientras él se ponía el preservativo y se zambullía dentro de ella, Lydia se dio cuenta de que nunca había sentido una felicidad como aquélla.

Después del desayuno, se trasladaron al aeropuerto y, desde allí, a Tromsø, donde llegaron ya con poca luz natural a pesar de no haber acabado aún la mañana. Caían enormes copos de nieve y el suelo estaba ya completamente blanco.

—Ahora tiene poca densidad para hacer bolas —comentó Jake—. Pero estoy deseando rodar por la nieve contigo y besarte hasta dejarte sin sentido.

–Promesas y más promesas –bromeó ella.

Su respuesta fue besarla con tal pasión que, cuando terminó, Lydia necesitó un par de segundos para recordar dónde estaban.

En medio de un aeropuerto. La gente los miraba con sonrisas cómplices, como si fueran dos recién casados o algo así.

–Nunca había visto tanta nieve –comentó Lydia cuando por fin pudo volver a hablar, mientras observaba el paisaje desde el autobús–. Ni siquiera en los inviernos más fríos que recuerdo, cuando era niña.

–Estamos en el círculo polar ártico, *min kjære* –le recordó Jake–. Es la tierra de la nieve. Ni siquiera podemos desplazarnos en coche por estas carreteras, aunque lleváramos cadenas. Hace unos años, llegó el mes de abril y en Tromsø aún había dos metros y medio de nieve. Fue un año especialmente frío –admitió–, pero aquí siempre nieva mucho.

–Es precioso –se moría de ganas de dibujar aquel paisaje, pero sabía que no podría hacerlo adecuadamente con el movimiento del autobús. Así pues, le dio la mano a Jake y disfrutó del trayecto hasta que se detuvieron frente a un hotel–. ¿Vamos a dormir aquí?

–No exactamente –dijo en tono misterioso y, al ver la curiosidad con que lo miró Lydia, añadió–: Espera y verás. Te prometo que vas a vivir una experiencia difícil de encontrar en muchos lugares –echó un vistazo al reloj–. Aún tenemos tiempo de comer algo.

Después de la comida, fueron a la recepción del hotel, donde les dieron dos trajes de esquí.

–¿Vamos a esquiar?

–No, *min kjære*. Te tengo preparado algo mucho más divertido.

–Soy abogada, odio las sorpresas –gruñó Lydia.

–Eres artista, te encanta ver cosas nuevas –replicó Jake al tiempo que le daba el traje–. No te lo pongas todavía, aún nos queda otro trayecto en autobús.

Esa vez el autobús los dejó frente a una enorme cabaña de madera. Lydia se preguntó de nuevo qué tenía planeado Jake y, al bajarse del autobús, oyó ladridos y vio sonreír a Jake.

–Vamos a dar un paseo en un trineo tirado por perros –le explicó por fin–. Ayer dedicamos el día al arte, hoy toca emoción. Solos tú y yo y la nieve… bueno, y una manada de perros –anunció con los ojos brillantes y llenos de impaciencia y la llevó a la cabina para ponerse los trajes.

El guía les explicó que el paseo duraría alrededor de una hora y después les presentó a los perros, unos preciosos huskies blancos de increíbles ojos azules a los que Lydia saludó con caricias.

–Me alegro de que no te den miedo los perros –comentó Jake al verla con los animales–. ¿Tienes alguno en casa.

–No, Emma tiene un labrador guapísimo –respondió ella y luego se encogió de hombros–. De niña me habría encantado tener un perro, pero mis padres nunca me dejaron. Decían que los perros lo ensucian todo y que no tenían tiempo para sacarlo a pasear.

–Nosotros siempre hemos tenido perro –dijo Jake–. Mis abuelos tienen dos elkhound noruegos, que eran los perros de guerra de los vikingos.

–¿Perros de guerra? –repitió ella, atónita.

–No son tan fieros como parece –aclaró él, riéndose–. Aunque sí que hacen mucho ruido. Mi madre tiene dos terriers muy malcriados.

Lydia podía imaginarse perfectamente quién los malcriaba más.

Una vez estuvieron atados los perros, Lydia descubrió que el suyo iba a conducirlo Jake.

–Hace tiempo que no lo hago, pero es como montar en bici... nunca se olvida –le aseguró al ver su cara de sorpresa–. Pero no te preocupes, conmigo estás a salvo.

Lydia no lo dudó ni por un segundo, porque cuando estaba con él se sentía... protegida.

Salieron cuatro trineos en fila, el guía iba el primero y ellos los segundos. En cuando comenzaron a desplazarse sobre la nieve Lydia tuvo la sensación de estar volando por un paisaje de cuento de hadas, rodeados de una blancura increíble. Los árboles parecían fantasmas, pero la nieve hacía que en las ramas de los pinos aparecieran miles de puntos que brillaban como diamantes.

Lydia sintió la presencia de Jake en todo momento, una presencia fuerte que controlaba los perros como si lo hiciera a diario. Una vez más lo imaginó como un explorador vikingo.

A su lado, nada le daba miedo.

Jake jamás habría agarrado el cheque de su padre, excepto para romperlo en mil pedazos y tirarlo al aire como si fuera confeti.

–¿Te ha gustado? –le preguntó Jake, ya de vuelta en la cabaña, mientras intentaban entrar en calor con la ayuda de una taza de chocolate bien caliente.

–Ha sido fantástico. Parecía un cuento de hadas. Gracias.

–Un placer, *elskling* –el brillo de su mirada decía que lo había disfrutado tanto como ella.

Cuando volvieron al hotel era ya noche cerrada y la temperatura había descendido aún más.

–¿Sabes cuál es la mejor manera de entrar en calor?

Sí, claro que lo sabía, pensó Lydia con un escalofrío de excitación.

–¿Tenemos habitación?

Jake se echó a reír.

–Me temo que no. En realidad, yo me refería a la sauna. O quizá podamos meternos en el jacuzzi.

–Eso también suena bien. A no ser que… ¿no será al aire libre?

–No, *min kjære* –respondió, con una nueva carcajada.

Tuvieron la suerte de estar solos en el jacuzzi, así que Lydia pudo deleitarse mirando a Jake. Con los ojos cerrados y la cabeza echada hacia atrás, parecía estar en la gloria. Lydia trató de memorizar la imagen para dibujarla más tarde.

–Menos mal que suelo hacer ejercicio porque, aun así, tengo los brazos agotados de manejar el trineo –dijo él–. Claro que, si me duele, la culpa es sólo mía por querer impresionarte –añadió antes de abrir los ojos y mirarla fijamente–. Aunque, hay otras maneras de estar en forma… como hacer el amor con una mujer que tiene un cuerpo que me vuelve loco y un cerebro que me fascina…

Parecía estar describiendo lo que ella sentía por él. Jake la volvía loca físicamente, pero su personalidad la fascinaba.

¿Estaba diciendo que podían tener algún futuro después de esa semana?

–¿Estás seguro de que no tenemos habitación?

–Paciencia, *elskling* –le dijo con una sensual sonrisa.

Después del jacuzzi fueron a cenar al restaurante del hotel, donde disfrutaron de una deliciosa selección de marisco y pescado. Pero mejor aún que la cena, fue la compañía.

–Es hora de irnos –anunció Jake tras una larga sobremesa.

–¿Adónde? –no comprendía nada–. ¿No iremos a pasar la noche a la intemperie para ver la aurora boreal?

–No tiene pinta de que el cielo vaya a despejarse esta noche, así que, además de congelarnos, no veríamos nada. Pero te tengo preparado algo que espero que te guste.

Una moto de nieve taxi los llevó por la nieve a un lugar donde se resolvieron todas las dudas de Lydia. En cuanto vio el nombre del hotel grabado en el hielo.

–¿Vamos a pasar la noche en un hotel de hielo?

–Antes has hablado de cuentos de hadas. Esto sería el palacio del cuento –dijo Jake mientras se dirigían al interior.

Lydia observó el lugar con los ojos abiertos de par en par, sorprendida y fascinada por las esculturas y la iluminación.

–Es impresionante –murmuró–. ¿Cómo es que no se derrite el hielo con las luces?

–Gracias a la fibra óptica y a un diseño muy inteligente.

En el centro de su habitación había una cama enorme esculpida en el hielo en forma de trineo tirado por dos caballos, pero con un colchón de verdad cubierto por dos pieles de reno.

–Les proporcionaremos unos sacos de dormir –les explicó el empleado del hotel que los condujo a la habitación–. Les recomiendo que dejen la ropa al fondo del saco para que puedan ponérsela mañana. Si la dejan fuera, se quedará un poco fría.

–¿Qué temperatura hace aquí? –preguntó Lydia.

–Entre cuatro y seis grados bajo cero –respondió el joven con una sonrisa–. Si no, se derretiría el hielo–. Pero afuera hace más frío. Sólo deben recordar no respirar dentro del saco para que no se humedezca con la condensación. Les aseguro que mañana se despertaran llenos de energía.

Lydia no estaba tan segura, pero no quiso decir nada para que Jake no creyera que no le había gustado la sorpresa que le había preparado. Además, lo cierto era que la arquitectura era impresionante. La habitación parecía una catedral de hielo, con rosetón incluido, iluminada por una luz color turquesa.

–Nunca había visto nada tan hermoso –comentó Lydia en cuanto se quedaron a solas–. Y la cantidad de trabajo que debe de costar crear un lugar tan mágico.

–Sobre todo teniendo en cuenta que se derrite todas las primaveras y hay que volver a construirlo partiendo de cero cada invierno –añadió Jake–. Hay muchos artistas que hacen cola para trabajar aquí.

–Si yo fuera escultora, también lo haría –reconoció Lydia–. Es como el castillo de la Reina de las Nieves, sólo que esto es mucho más bonito.

–Y tú también eres mucho mejor que la Reina de las Nieves. Aunque no pondré objeción si quieres hacer que lo olvide todo con un beso –añadió con una sonrisa–. Me alegro de que te guste.

–¿Alguna vez habías estado en un hotel de hielo?

–No, pero siempre había querido hacerlo –dijo

Jake y le tomó una mano entre las suyas–. Y me alegro de estar compartiéndolo contigo.

Lydia también se alegraba. Jake estaba haciendo que aquellos días fueran realmente especiales y estaba consiguiendo que Lydia comenzase a saber cómo quería que fuese su vida de ahí en adelante.

Llegó el momento de irse a la cama. Gracias a los sacos, sólo tenían que ponerse la ropa interior y un gorro.

–Dijiste que la ropa interior térmica podía resultar sexy y yo no te creí –le dijo Lydia enarcando una ceja.

–Tienes que confiar más en mí.

El deseo que había en su mirada hizo que Lydia sintiera un escalofrío que le recorrió toda la espalda.

–No puedo creer el silencio que hay –comentó ella, ya dentro del saco.

–El hielo y la nieve amortiguan el sonido –le explicó Jake–. Así que nadie va a molestarnos. Ocupémonos de esa ropa interior… –coló una mano por debajo de su camiseta y le acarició el abdomen–. Hace demasiado frío para quitarte la ropa, así que tendré que hacerlo así. Y, como no veo lo que hago, tendré que guiarme con las manos –subió la mano poco a poco hasta llegar a un pezón, que encontró endurecido por la excitación–. Así.

–¿Vamos a… aquí?

–No, *elskling*. Sólo voy a tocarte. Relájate.

–¿Relajarme? –no era exactamente lo más fácil de hacer mientras él la tocaba.

–Bueno, ya te relajarás más tarde. Ahora cierra los ojos y concéntrate en lo que sientes.

Siguió tocándola muy despacio, con deleite, con la suavidad de un copo de nieve al caer. Lydia sentía cómo aumentaba la temperatura de su cuerpo a medida que los dedos de Jake le acariciaban los pezones. Después bajaron por su torso y aún más... hasta separarle las piernas y encontrar un lugar que lo esperaba húmedo de excitación.

Introdujo un dedo dentro de su cuerpo y con otro encontró rápidamente el punto con el que hacerle perder la cabeza y estremecerse de placer.

–Abre los ojos, *elskling* –le susurró.

Y ella obedeció. En la penumbra sólo podía ver la tenue luz turquesa que iluminó su éxtasis.

–Jake –murmuró al tiempo que tomaba el rostro entre sus manos, sin preocuparse de si se le congelaban los brazos, y lo besó apasionadamente en los labios.

La había llevado prácticamente hasta los confines de la tierra, al círculo polar ártico, y allí había hecho que sintiera un placer que jamás había experimentado.

Después se quedaron abrazados dentro del saco, momento que Lydia aprovechó para colar la mano bajo su camiseta, pero Jake la frenó enseguida.

–Jake...

–Estamos en paz después de lo de anoche –le dijo él suavemente–. Pero, si quieres hacer algo por mí...

–¿Sí?

–Cuéntame por qué una artista tan magnífica como tú está desperdiciando su talento trabajando de abogada.

Capítulo Ocho

–Es una larga historia.

–No tengo ninguna prisa –Jake le dio un beso en la frente–. Cuéntamela, *elskling*.

–Mis padres… –¿cómo podía decirle que sus padres no habían querido tener una hija? Que había sido un error, agravado aún más por el hecho de ser niña y no niño. Sólo con pensarlo se sentía como una niña malcriada–. No importa.

–A mí me parece que sí –rebatió él, estrechándola en sus brazos–. Si no, no te encerrarías en ti misma de ese modo. ¿Qué ibas a decir de tus padres?

Lydia respiró hondo y comenzó a hablar.

–Sé que sólo querían lo mejor para mí –eso era lo que llevaba años diciéndose a sí misma–. Tenían razón. Podría haberme pasado años tratando de vivir del arte y sin conseguir nada, ni siquiera para pagar un alquiler. Sin embargo, si me dedicaba a la abogacía, como ellos, tendría un trabajo estable y bien pagado.

–Un trabajo que detestas.

–Tampoco lo detesto.

–Pero no eres feliz. Te falta algo.

Eso no podía negarlo.

–Dime una cosa –dijo él, cambiando de táctica–. Si pudieras volver atrás, ¿harías las cosas de otra manera?

–Sí, habría estudiado Arte en lugar de Económicas y Derecho.

–Seguro que algún profesor tuyo les dijo a tus padres lo bien que se te daba el dibujo y la pintura. ¿Por qué no trató de convencerlos?

–Lo intentaron, pero mi padre... –¿cómo podía explicárselo?–. Impone mucho.

–¿Era violento contigo? –le preguntó con aparente calma, pero era evidente que la mera posibilidad le ponía furioso.

–No, no es eso –las cicatrices que le había dejado su padre eran invisibles, no físicas–. Lo que ocurre es que es muy difícil que mi padre dé su brazo a torcer, ni en los tribunales ni fuera de ellos. Supongo que yo debería haberme enfrentado a él, haberme empeñado en seguir mi sueño, pero era muy joven y supongo que sólo quería que se sintiese orgulloso de mí –había necesitado unas palabras de reconocimiento, un abrazo de cariño y un gesto de ternura.

Por eso había tratado de cumplir sus expectativas.

–¿Por qué crees que no estaban orgullosos de ti?

Era obvio. Debía de estar dándole una imagen lastimosa. No necesitaba la aprobación de nadie. Lo sabía bien, por eso trató de hablar en un tono desenfadado.

–No importa. Ya está superado.

–Si lo estuviera, no estaríamos hablando de ello.

Directo al grano, como siempre. Claro que también ella lo había presionado cuando no había querido hablar, y le había dicho que diciéndolo en voz alta se sentiría mejor. Quizá fuera cierto.

–Ellos... esperan mucho de mí.

–¿Cuánto? –le preguntó suavemente–. He visto tu expediente académico y no puede ser mejor.

–Podría, sí –hubo una larga pausa durante la que Lydia sintió la mirada de Jake sobre sí y finalmente se decidió a explicarse–. Cada vez que llegaba a casa después de un examen y le decía a mí padre que había tenido la mejor nota de la clase, él me preguntaba qué nota había sido ésa. Después siempre quería saber qué errores había tenido y por qué.

Jake murmuró algo en noruego que ella no comprendió, pero por el tono supuso que había lanzado algún juramento. Sintió que no era justo.

–Sólo quería que me esforzase al máximo, Jake –trató de explicarle–. Seguramente sin esa presión no habría tenido un expediente tan bueno.

–No, Lydia, esa presión es el motivo por el que te subestimas tanto –aseguró él–. Porque te ves a través de la mirada perfeccionista de tu padre.

–Sé que soy buena en mi trabajo, pero también soy realista y soy consciente de que me falta entusiasmo para ser brillante.

–Quizá como abogada, pero seguramente no te falte como artista.

–Tampoco sé si seré brillante en eso. Si fuera así, ya lo habría conseguido, ¿no crees?

–¿Mientras tus padres te decían una y otra vez que no merecía la pena?

No tenía nada que responder a eso.

–Puede que haya muchos artistas, pero no tantos con el talento que tú tienes. Tus padres deberían haberte animado a seguir tu vocación y, si la estabilidad económica era importante, podrías haberte dedicado a la publicidad, por ejemplo. Habrías sido una magnífica directora creativa en cualquiera de las agencias más importantes.

Lydia había estado a punto de probar suerte en la publicidad.

Hasta que Robbie la había abandonado, llevándose consigo su seguridad en sí misma. Pero eso no podía contárselo a Jake. Bastante avergonzada de sí misma se sentía ya sin que nadie lo supiese.

–¿Y tu madre? Seguro que se dio cuenta de lo bien que dibujabas. ¿Por qué no convenció a tu padre para que te dejara intentarlo?

–Porque estaba de acuerdo con él –sus padres siempre habían sido un solo frente, unidos contra todo.

Jake se pasó la mano por el pelo con gesto de frustración.

–Me da la impresión de que nunca han sabido muy bien quién eras realmente, ni te preguntaron qué querías. Sólo te presionaron para que siguieras su camino.

–Supongo que tus padres también esperaban que siguieras los pasos de tu padre en la empresa familiar.

–Sí –admitió–. Pero nunca supuso ningún problema porque yo siempre quise hacerlo y me encanta mi trabajo. Pero sé que me habrían apoyado si hubiera decidido hacer otra cosa… habríamos hablado de ello y habríamos encontrado la mejor solución.

–¿Cómo puedes estar tan seguro?

–Mi padre trasladó la empresa de Noruega a Londres para estar con mi madre y mi abuelo no le hizo el menor problema. Lo único en lo que insistió mi padre fue en que conociera bien todos los departamentos de la empresa antes de dirigirla, para que supiera perfectamente cómo funcionaba y conociera los problemas a los que tenían que enfrentarse los empleados. Y yo estoy de acuerdo con él. Sé que jamás me exigiría algo que no se exigiera también a sí mismo.

–Mi padre también es muy exigente consigo mismo –replicó Lydia.

—Y supongo que eso hizo que estuviese muy poco en casa cuando eras niña. ¿Me equivoco si me imagino que nunca fueron a tus actuaciones de Navidad?

—Estaban muy ocupados.

—Creo que ahora comprendo por qué no estás tan unida a ellos como lo estoy yo a mi familia.

No, no lo comprendía. Lydia deseaba estar más unida a sus padres, pero sabía que ellos no sentían lo mismo, por eso había ido alejándose poco a poco, para dejar de sufrir y de sentirse rechazada.

—Has dicho que tu madrina, Polly, es diseñadora y que además es la mejor amiga de tu madre. ¿No se puso de tu parte y les dijo que tenías mucho talento?

—Tuvo una discusión tremenda con mis padres –admitió Lydia–. Estuvieron meses sin hablarse por culpa de eso. Un día me dijo que era mejor utilizar otra estrategia, así que me propuso que siempre que quisiera dibujar o pintar fuera a su casa y les dijera a mis padres que lo había dejado. No me gustaba mentirles, pero al menos así se arreglaron las cosas con Polly y dejó de haber tanta tensión.

—Lo que quiere decir que llevas ocultando tu talento la mitad de tu vida.

—Ya te lo he dicho, soy una cobarde.

—Lydia, recuerda que no puedes agradar siempre a todo el mundo.

Jake no lo dijo, pero seguramente estaba pensando lo mismo que ella; que en lo que se refería a sus padres, no podía agradarlos nunca.

—A lo mejor ha llegado el momento de que dejes de intentarlo –siguió diciéndole–. Deja de esconderte y vive como realmente quieres vivir.

Lydia respiró hondo.

—Tienes razón. Llevo todo el año dándole vueltas, quizá por eso que dijiste de cumplir los treinta, y tengo que hacer algunos cambios —pero ya estaba harta de hablar de sí misma—. ¿Y tú? ¿Cómo quieres vivir tú, Jake?

—La verdad es que estoy satisfecho con la vida que llevo.

—En Oslo me dijiste que también tú te encontrabas en una encrucijada.

—Así era, pero tú me has ayudado a ver las cosas con perspectiva. Estos últimos días he vuelto a recordar lo que es dejarse sentir y me he dado cuenta de que me encanta mi trabajo en Andersen Marine. Así que estoy contento. Sólo necesitaba un poco de perspectiva y te agradezco mucho que me la hayas dado —añadió, dándole un suave beso en los labios.

—Tú también me has ayudado a mí. Ahora sé lo que quiero hacer cuando vuelva a Inglaterra, ser valiente. Por cierto, creo que tendrás que buscarte otro abogado.

—Sigo pensando que eres muy buena abogada, pero, tal como te prometí, aceptaré tu dimisión si es eso lo que quieres.

—Gracias.

—Ahora vamos a dormir un poco —la estrechó un poco más contra sí—. Pero recuerda, Lydia, vales mucho más de lo que tú crees.

A la mañana siguiente, Lydia se dio cuenta de que había dormido mejor de lo que esperaba, seguramente porque Jake no había dejado de abrazarla en ningún momento.

—Eres maravilloso, ¿lo sabías? —le dijo después de

darle los buenos días–. Gracias por… bueno, por escucharme anoche.

–Me alegro de que te ayudara.

La había ayudado hasta el punto que sabía quién era y ya no le daba miedo. Estaba impaciente por hacer los cambios que tenía pensados, pero ahora por fin podría relajarse y disfrutar al máximo de aquella aventura–. ¿Qué planes tenemos para hoy?

–Volvemos a Tromsø, el París del norte. Seguiremos estando en el círculo polar, con lo que aún hay posibilidad de que veamos la aurora boreal. En un momento dado pensé en llevarte a Svalbard a ver los osos polares, pero está muy lejos y la temperatura es aún más baja en esta época del año. Tendrás que volver en verano para verlos.

Lydia se fijó en que había dicho «tendrás» en lugar de «tendremos», pero trató de no pensar en ello. Tenían aquella semana y no iba a pedirle más. Ya no era una persona débil y necesitada como lo había sido con Robbie.

Había vuelto a nevar durante la noche, pero el cielo estaba azul y la nieve brillaba con fuerza.

–Necesitamos justo lo contrario –dijo Jake nada más salir del hotel de hielo–: días nublados y noches claras para poder ver la aurora boreal.

Lydia se echó a reír.

–Sé que tienes muchas dotes para la organización, pero ni siquiera tú puedes controlar el tiempo.

Él también se echó a reír.

–Tienes razón. Puede que esta noche tengamos más suerte.

Pero tampoco esa noche pudieron ver las ansiadas luces. Después de pasar el día visitando la maravillosa ciudad de Tromsø, contando, como de costumbre, con las explicaciones de Jake, fueron a cenar a un restaurante que daba al puerto. Lydia miraba al cielo insistentemente, pero había vuelto a cubrirse de nubes.

–Quizá mañana –dijo Jake con tristeza.

–Quizá.

En el camino de vuelta al hotel, Lydia se detuvo bajo una farola.

–¿Qué?

–Sólo esto –le echó los brazos alrededor del cuello y lo besó apasionadamente. Hacía un viento helado, pero no le importaba, lo único que le importaba en aquel momento era él.

–Me encanta –murmuró él cuando se separaron–. Pero ¿puedo preguntarte por qué?

–Tiempo frío y un hombre ardiente. Me gusta el contraste.

Jake esbozó una sensual sonrisa.

–Me dan ganas de tumbarte aquí mismo, sobre la nieve, pero nos detendrían por escándalo público. Pero quiero…

–Jake –le puso un dedo sobre los labios–. Deja de hablar y llévame a la cama.

Su respuesta fue un beso tan dulce que hizo que Lydia fuera flotando hasta la habitación del hotel.

Antes de entrar, la miró y le dijo:

–Sé que aún no has visto la aurora boreal, pero esta noche voy a hacer que las veas en tu mente –dicho eso, la levantó en brazos, la metió en la habitación y cerró la puerta con el pie.

Capítulo Nueve

El martes volaron hacia el sur, a Bodø, donde, según dijo Jake, aún tenían posibilidades de ver la aurora boreal.

–Pero antes quiero enseñarte algo –anunció mientras consultaba el horario de las mareas. Poco después se encontraban en un mirador sobre el fiordo Skjerstadm–. Espera y verás.

Él, sin embargo, prefirió observar a Lydia y disfrutar de la expresión de su rostro cuando el agua empezó a girar en un enorme torbellino.

–Es el Saltstraumen, el mayor torbellino de agua del mundo. Ocurre cada seis horas cuando cambia la marea. Imagínate millones de toneladas de agua girando al mismo tiempo… y aun así se puede navegar.

–¡No es posible!

–Lawrence y yo lo hicimos después de graduarnos –recordó con una sonrisa el viaje que había hecho con su mejor amigo–. Fuimos desde aquí a las islas Lofoten, es un lugar magnífico en verano. Aquí también estuvimos buceando.

–¿No es peligroso bucear en estas aguas?

–No si se toman las precauciones necesarias. La verdad es que lo pasamos de maravilla. Excepto cuando Lawrence vio la Fata Morgana.

–¿Qué es eso?

–Un espejismo… igual que en el desierto la gente

ve agua, en el mar es al contrario, se ven islas. Reconozco que es espeluznante.

—Te encantan estas tierras, ¿verdad?

—Sí.

Se acercó a darle un beso en los labios.

—Sin embargo se te nota que esos recuerdos te han puesto triste. ¿Por qué? ¿Acaso ya no eres amigo de Lawrence?

—No, no es eso. Sigue siendo mi mejor amigo –aunque sí era cierto que había estado evitándolo, a él y a sus hijos.

Desde la operación le resultaba muy difícil estar con Josh y Maisie, que además eran sus ahijados, y se sentía culpable por ello. Quizá fuera demasiado pronto, pues aún le dolía ver lo que tenía Lawrence, algo de lo que él jamás podría disfrutar.

—Veo que no quieres hablar de ello –adivinó Lydia–. Al menos deja que te dé un consejo.

Jake la miró sin comprender.

—No seas tan duro contigo mismo.

—¿Y me lo dices tú?

—Yo voy a dejar de serlo –aseguró con firmeza.

Unas horas después volaron a Trondheim.

—Esta ciudad fue la capital de Noruega y, desde hace dos mil años, se corona aquí a los reyes del país –le explicó Jake, una vez allí–. El nombre significa «buen lugar para vivir». Mis abuelos viven cerca, así que solía venir a menudo. Ahora está muy oscuro para hacer turismo, pero mañana te enseñaré la ciudad.

—Pareces inquieta –le dijo Jake durante la cena–. Tienes ganas de pintar, ¿verdad?

–¿Cómo lo sabes?

–Porque me recuerdas a mí mismo cuando tengo la sensación de que llevo mucho tiempo fuera de la oficina.

Lydia dejó de sonreír.

–¿Quieres volver a Inglaterra?

En parte lo deseaba porque, a pesar de todo lo acordado, Jake sabía que se estaba enamorando de Lydia. Le gustaba su sonrisa tímida, la suavidad de su piel, el brillo que aparecía en sus ojos cuando la tocaba, y además era una mujer ingeniosa e inteligente.

Pero no podía enamorarse de ella, no podía pedirle que compartiera su vida con él. Aparte del hecho de que no podía tener hijos, estaba el riesgo de que el cáncer volviera a aparecer.

«En la salud y en la enfermedad».

Aquellas palabras retumbaron en su mente. No podía obligarla a cumplir con ese voto sabiendo que era posible que hubiera más enfermedad que salud.

Sabía que ella también se sentía atraída por él, pero no tenía ni idea de qué sentía exactamente. Sí recordaba que había dicho que no quería tener una relación estable y seguramente menos ahora que estaba a punto de cambiar de vida. Podría preguntárselo, pero no estaba seguro de que fuera a responderle con sinceridad. Después de todo, llevaba toda la vida ocultando una parte muy importante de sí misma; no podía esperar que confiara plenamente en él después de sólo unos días.

Claro que tampoco él había sido del todo sincero con ella. No le había hablado de lo que le había destrozado la vida y, cuanto más tiempo pasaba a su lado, más culpable se sentía por no decírselo.

–No, no quiero volver a Inglaterra –respondió por fin, tratando de parecer despreocupado–. Aunque no hayamos podido ver la aurora boreal, aún nos quedan un par de días para disfrutar. Volvamos al hotel. Tú puedes pintar y yo leeré un rato.

–¿Estás seguro?

–Sí.

Ya en el hotel, le resultó completamente imposible concentrarse en la lectura. No podía dejar de pensar en Lydia.

Finalmente se resignó y se dedicó a observarla mientras pintaba. Seguramente no sospechaba lo encantadora que estaba. De pronto Jake imaginó a una niña con la sonrisa de Lydia y con sus ojos. O un niño con los ojos de Lydia y el pelo alborotado como él.

Dios.

Era un imposible, ¿por qué torturarse con algo que jamás podría tener?

–Pensé que estabas leyendo –dijo ella de pronto, al descubrirlo mirándola.

–Estoy descansando –mintió Jake, con una sonrisa que no sentía–. ¿Puedo verlo?

Estaba pintando el torbellino y había conseguido plasmar de un modo increíble la fuerza del agua, incluso el ruido.

–Prácticamente se puede sentir el viento y la corriente.

–Ésa era la idea. Gracias –entonces se quedó mirándolo con gesto serio–. Llevas toda la tarde muy callado. Creo que ha llegado el momento de que te escuche, igual que tú me escuchaste a mí la otra noche.

–Estoy bien.

–No es cierto.

No lo era, pero no podía contarle lo que le ocurría. No quería que saliera huyendo como lo había hecho Grace.

–Hazme un favor –le dijo.

–¿Qué?

–Ven aquí –le pidió, con los brazos abiertos, a pesar de que sabía que el consuelo físico no podría resolver el problema. Nada podría resolverlo–. Ahora mismo sólo quiero estar contigo.

¿Cómo resistirse a tales palabras? ¿O al brillo de sus ojos?

Lydia se acercó a él y se sentó en su regazo. Comenzaron con besos tiernos, pero el deseo no tardó en apoderarse de Lydia y borrar cualquier pensamiento de su cabeza. Sólo podía sentir. No habría sabido decir cómo habían llegado hasta la cama y se habían desnudado, pero de pronto estaba tumbada entre las sábanas y Jake estaba besándola entre los pechos.

«Te amo».

Fue como si alguien la hubiese empujado al agua helada de los fiordos.

«Te amo».

No podía haberse enamorado de Jake tan rápido. Y sin embargo era eso lo que sentía con absoluta claridad. Jake era todo lo que deseaba en el mundo. Un hombre decente, honesto y cariñoso al que, a diferencia de Robbie, le interesaba ella tal como era.

No podía decir aquellas palabras en voz alta y romper el trato que habían hecho. Así que las repitió en su cabeza.

«Te amo».

Sumergió las manos en su pelo mientras se entregaba al placer que él le regalaba con su lengua, bajando por su vientre hasta el espacio que se escondía entre sus piernas.

¿Cómo había podido ser tan ingenua de creer que aquellos días servirían para saciar el deseo que sentía por él? Sólo había conseguido aumentarlo.

–Jake, necesito sentirte dentro de mí.

–Tus deseos son órdenes, *elskling*.

Fue subiendo por su cuerpo y se sumergió en ella lentamente. Lydia se vio invadida por una emoción que debía controlar a toda costa.

–¿Jake? –¿sentiría él lo mismo? No se atrevía siquiera a albergar dicha esperanza. No podría soportar que volvieran a rechazarla–. Baja –susurró–. Quiero…

–¿Quieres tomar el mando? –le preguntó él, acariciándole la cara.

–Lo siento.

–No lo sientas –respondió con una sonrisa, sin dejar de acariciar el rubor de sus mejillas–. Yo estoy encantada. Haz realidad tus deseos.

Eso era lo que Lydia quería exactamente, pero sabía que era imposible. Pero entonces él rodó por el colchón llevándola consigo y Lydia dejó de pensar. Se aferró a él y, mirándose a los ojos, alcanzaron juntos el clímax.

«Te amo», pensó de nuevo.

El miércoles volvió a ser un día claro y despejado. Pasaron la mañana caminando por la ciudad con las manos entrelazadas. Jake le enseñó todos los monumentos y rincones de Trondheim, incluso la ayudó cuando Lydia se resbaló en la nieve y estuvo a punto de caerse al suelo.

–¿Estás bien?

–Sí –respondió ella con una sonrisa. Teniéndolo a su lado, estaba bien. Sólo debía recordar que era algo temporal–. Gracias por salvarme.

Había una misteriosa expresión en los ojos de Jake cuando respondió:

–*Vær så god*.

¿Acaso estaba advirtiéndole que estaba acercándose demasiado?

Si era así, ya era tarde.

Sólo le quedaba aprender a desenamorarse de él.

Jake consiguió una mesa para comer en un café con vistas al embarcadero del río. Sabía que a Lydia le encantarían los reflejos que se veían en el agua y, como era de esperar, cuando volvió de pedir en la barra, la encontró haciendo fotos. En ese momento sintió que estaba viendo a la verdadera Lydia, la que había estado oculta durante años.

Debía tener cuidado para no asustarla y hacer que volviera a esconderse. Así que trató de mantener una conversación superficial durante la comida.

–Estoy segura de que, si Polly viera el rosetón de la catedral, se le ocurriría algún diseño –comentó mientras admiraba la catedral de Nidarosdomen.

–¿Estáis muy unidas, ¿verdad?

Lydia se encogió de hombros.

–Es mi madrina, es como si fuera de mi familia.

Ella no lo dijo, pero Jake adivinó que su madrina había sido casi una madre para ella, más incluso que su propia madre. Se le encogió el corazón de dolor por ella. Jake había crecido rodeado de amor y de apoyo, algo que a Lydia le había faltado.

–Escucha, mis padres viven cerca de aquí –dijo, dejándose llevar por el impulso–. Sé que se molestarían si supiesen que he estado en Trondheim y no he ido a verlos. Estaba pensando ir mañana por la tarde, ¿por qué no vienes conmigo? –al ver que Lydia no decía nada, añadió–: Mi abuela hace los mejores gofres del mundo.

–Yo… –en sus ojos apareció un extraño brillo, pero luego dijo–: No quiero molestar.

–¿Molestar? –Jake comprendió que así era como habían visto sus padres a las personas que ella había llevado a casa, como una molestia–. Tú no podrías molestar, *min kjære*. Te recibirán con los brazos abiertos. Ven conmigo.

–Avísalos antes de todos modos.

Jake sabía que no era necesario, pero llamó para que ella se quedara tranquila. Como imaginaba, su abuela estaba encantada de que fueran a visitarla.

–Estoy deseando verte, *elskling* –le dijo su abuela.

–Yo a ti también. Te he echado de menos –respondió Jake con total sinceridad.

De pronto se dio cuenta de lo tonto que había sido de alejarse de todo el mundo. Su felicidad era plena cuando estaba cerca de la gente a la que quería.

Pero sería aún más feliz si Lydia le permitiera acercarse un poco más a ella. Pero ¿cómo podía ser tan egoísta de pedírselo sabiendo que no podía ofrecerle ninguna garantía de futuro?

En cualquier caso, la estrechó en sus brazos y la apretó contra sí.

—Mi abuela dice que quiere que vayamos a comer los dos mañana. En realidad no me ha dado tiempo de preguntarle si podías ir porque me lo ha propuesto ella primero.

—Es muy amable. ¿Te parece bien que le lleve flores?

—Le encantará. Pero ahora vamos a seguir descubriendo la ciudad.

Capítulo Diez

A la mañana siguiente alquilaron un coche con cadenas en los neumáticos y condujeron por la nieve hasta la casa de los abuelos de Jake. En el trayecto escucharon música clásica, las suites francesas de Bach, que, tal como afirmó Jake, encajaban a la perfección con la paz del paisaje nevado.

Pero en el momento en que Jake aparcó frente a la casa, Lydia sintió un nudo en el estómago. Por más que se repitiera que habían sido ellos los que la habían invitado y que probablemente no volvería a verlos, no podía evitar estar nerviosa. Era la misma sensación que había tenido al volver a casa con la nota de algún examen; la sensación de que iban a evaluarla y de que nunca estaría a la altura de lo que se esperaba de ella.

Antes de apretar el timbre, Jake la tomó de la mano y le dijo que no se preocupara, que todo iba a salir bien. ¿Cómo estaba tan seguro?

Entonces se abrió la puerta y apareció una mujer de pelo blanco, los ojos idénticos a los de Jake y una cálida sonrisa en los labios. La acompañaban dos enormes perros que resultaron ser tan cariñosos como había asegurado Jake.

—¡Jakob! —exclamó la mujer con evidente alegría en cuanto vio a Jake.

Ambos se abrazaron y se dieron un beso en cada mejilla.

–Lydia, te presento a mi abuela, Astrid.

–*Gleder med* –dijo Lydia, haciendo un esfuerzo por recordar la pronunciación de aquellas palabras noruegas. «Encantada de conocerla».

–Y, *farmor*, ésta es Lydia, mi compañera de trabajo.

Compañera de trabajo. Aquellas tres palabras fueron como una bofetada.

Pero ¿de qué otra manera iba a presentarla? ¿Como su amante? Era ridículo que le sentara mal, puesto que ambos habían dicho que aquella aventura sería algo temporal y secreto. Por el amor de Dios, también ella había asegurado que no quería ningún tipo de relación seria. Y si Jake había respetado las reglas, ¿por qué no podía hacerlo ella también?

–Yo también me alegro mucho de conocerte, Lydia –dijo Astrid con amabilidad antes de presentarle a los perros como dos miembros más de la familia.

–Jake, ve a buscar a tu abuelo, está en su despacho planeando la próxima excursión de pesca.

–Eh… esto es para usted –anunció Lydia dándole las flores.

Astrid exclamó algo en noruego que Lydia no entendió, pero, a juzgar por la expresión de su rostro, parecía que le gustaba el ramo.

Una vez se unió a ellos el abuelo, Per, fueron juntos al salón de la casa. Tan pronto como entraron en la habitación, en el rostro de Jake apareció una enorme sonrisa que Lydia había aprendido a identificar en los últimos días. Sonreía de ese modo cuando levantaba un muro a su alrededor; no llegaba a sonreír con los ojos. ¿Qué le habría disgustado?

Entonces vio las fotos que había sobre la repisa de la chimenea. Niños y bebés por todas partes. Muchas de ellas parecían muy recientes, por lo que Lydia supuso que serían los biznietos de Astrid y Per.

En su mente saltaron las señales de alarma. Jake estaba muy unido a su familia, pero el cariño que demostraba con todos ellos no encajaba con el hecho de que afirmara que no quería tener hijos porque, dijera lo que dijera, era evidente que Jakob Andersen era un hombre de familia.

Lydia se dio cuenta de pronto de que Astrid y Per parecían preocupados. Siguió sus miradas: observaron a Jake, luego las fotografías y luego se miraron el uno al otro.

Quizá se estuviese precipitando, pero Lydia tenía la impresión de que a los abuelos les preocupaba que aquellas fotografías disgustaran a Jake. Eso fue lo que la llevó a pensar algo que no le gustaba nada.

¿Jake le había mentido?

Quizá el motivo por el que habían roto su prometida y él no había sido que él no quisiera tener hijos, sino que no podía tenerlos.

Si era así, ¿por qué no se lo había contado? Ella le había contado sus más oscuros secretos… bueno, quizá no todos, pero sí mucho más de lo que había compartido con nadie. Sin embargo tenía algo que le preocupaba y no había querido hablar con ella; cada vez que Lydia lo había intentado, Jake había buscado alguna excusa y ella se lo había permitido porque no había querido presionarlo.

Lo cierto era que no había confiado en ella lo suficiente para contarle aquel problema y eso resultaba muy doloroso.

—¿Éste es el último bebé de Kjetil? —preguntó Jake, acercándose a mirar una de las fotos.

–El pequeño Pål –confirmó su abuela.

–Es precioso. Mi primo debe de estar entusiasmado porque tenía muchas ganas de tener un niño por fin, después de dos hijas.

Su voz era perfectamente normal, pero Lydia lo había visto negociar y sabía que era capaz de fingir que todo iba bien cuando no era así.

–Me alegro de que por fin te hayas tomado unos días libres –comentó Per después de que Jake volviera a dejar la foto sobre la chimenea–. Ya era hora de que dejaras de trabajar un poco. Empezaba a considerar la idea de ir a secuestrarte para llevarte a pescar... sin teléfono móvil.

–Lydia lleva días sermoneándome sobre que trabajo demasiado y necesito un descanso.

–Bien hecho, Lydia –le dijo Per con una sonrisa de aprobación.

Resultaba irónico que, en el poco tiempo que llevaba en aquella casa, los abuelos de Jake le habían demostrado más cariño y agradecimiento que el que le habían dado nunca sus padres.

–Lydia dibuja y pinta de maravilla –afirmó de pronto Jake–. Deberíais ver los bocetos que ha hecho de los lugares que hemos visitado.

–¿Podemos? –preguntó Astrid.

Lydia era perfectamente consciente de lo que estaba haciendo Jake. Intentaba alejar la conversación de cualquier tema que tuviese algo que ver con niños. Él la había ayudado mucho a aclarar sus dudas, era lo menos que podía hacer por él. Normalmente no habría enseñado sus dibujos a dos desconocidos, pero esa vez sacó el bloc de su bolso y se lo pasó a Astrid.

—Son todos magníficos —aseguró Per mientras observaba los dibujos junto a su esposa—. Este retrato de Jake...

—Nos gusta mucho tener fotos de nuestros nietos, pero la última que tenemos de Jake es de cuando estaba en la universidad —se quejó Astrid—. No hay manera de que nos dé una más reciente.

—Tienes millones de fotos, *farmor*. No necesitas más.

—Yo podría convertir este boceto en un retrato de verdad —se ofreció Lydia.

—¿De verdad? Sería maravilloso —dijo Astrid, encantada—. Por supuesto, te pagaríamos lo que valiese.

—No, considérenlo un regalo por la amabilidad que han tenido al invitarme.

—Cualquier amigo de Jake es bienvenido en esta casa.

—Muchas gracias. Me pondré a trabajar en ello en cuanto vuelva a Inglaterra. Espero que no les importe tener que esperar un poco.

—Por supuesto que no. ¿Quieres ver algunas fotos de Jake cuando era niño?

De nada sirvieron las protestas de Jake. Lydia no tuvo que fingir que le interesaban aquellas imágenes porque lo cierto era que le encantaba ver la persona que había sido en otras épocas. Todas las imágenes retrataban un niño feliz, un muchacho querido por su enorme familia.

Ella no tenía fotografías como aquéllas, sólo las que le había hecho Polly o las oficiales de la escuela y de la universidad.

Jake tenía una familia muy cariñosa. Sus abuelos estaban todo el tiempo agarrándose de la mano o tocándose el hombro al pasar el uno junto al otro. Y seguramente los padres de Jake serían igual. Sin duda el mismo tipo de relación que Jake querría tener algún día, si alguna vez bajaba las barreras con las que se protegía. Qué ingenua había sido por creer que ella podría derribar dichas barreras. El hecho de que no le hubiera contado la verdad demostraba que no era lo bastante buena para él, como no lo había sido para Robbie, ni lo era para sus padres.

Cuánto deseaba poder tener una familia como la de los Andersen.

Pero sabía que era imposible, así que sonrió, disfrutó de la tarta que Astrid había preparado para su nieto y fingió que todo iba bien; ella no era más que una compañera de trabajo.

Lydia apenas había hablado desde que habían salido de casa de sus abuelos.

Estaba claro que se había excedido llevándola allí, mostrándole lo que era una familia de verdad, y debía de haber sido muy duro compararla con unos padres que jamás la habían valorado.

Era lógico que estuviese abrumada.

Jake pensó que lo mejor sería dejarle el espacio que necesitaba y respetar su silencio. Pero seguía sin decir ni palabra cuando llegaron al hotel.

–Lo siento, Lydia –le dijo al entrar a la habitación y la estrechó en sus brazos.

Ella se apartó.

–¿Por qué?

–Por arrastrarte hasta casa de mis abuelos, debe de haber sido una tortura.

–Tus abuelos son encantadores.

Jake frunció el ceño.

–¿Entonces por qué estás así?

Ella esbozó una sonrisa tan fría como su mirada.

–¿Cuándo ibas a decirme la verdad, Jake? –al ver que él no decía nada, siguió hablando–. Es lo malo de ser abogada y artista, soy muy observadora y me fijo en los rostros de la gente. Tus abuelos estaban preocupados por ti.

–Eso es lo que hacen todos los abuelos del mundo.

–Pero los tuyos estaban bien hasta que has visto las fotos de los niños.

Jake se puso en tensión.

–No te sigo.

–No me trates como una niña –no parecía enfadada, pero sí profundamente herida–. Sé que hay algo muy importante que no me has dicho y he llegado a la conclusión de que tiene que ver con los hijos. Dijiste que no querías tenerlos, pero me da la sensación de que no es del todo cierto –hizo una pausa y lo miró con tristeza–. Jake, te he contado cosas que jamás le había dicho a nadie. He confiado en ti, pero sin embargo tú… es evidente que no crees que puedas confiar en mí del mismo modo.

–No es eso.

–¿Entonces?

Lo miraba con los ojos muy abiertos y llenos de dolor, como los de un perro callejero al que habían rechazado demasiado. Jake jamás había pretendido que se sintiera así.

–No es eso en absoluto, Lydia. Sé que puedo confiar en ti, lo que ocurre es que… –suspiró con resignación–. El problema que tengo no se puede arreglar y no quería cargarte con ello.

–¿Pero sí está bien que yo te haya cargado a ti con mis problemas?

–Tienes razón.

–Recuerda lo que me dijiste de que hablar de las cosas ayudaba a resolverlas.

–Estoy bien.

–No, Jake, no estás bien. Estás huyendo de algo. Por eso tienes ojeras, por eso trabajas tanto… así acabas tan cansado que no piensas en ello.

Había dado en el blanco.

–Es una manera de afrontarlo.

–Sigue así y acabarás enfermo.

Jake no pudo evitar esbozar una amarga sonrisa.

–¿Es eso lo que te ocurre? –le preguntó Lydia–. ¿Estás enfermo?

Se dio media vuelta porque se sentía incapaz de mirarla y ver la lástima en sus ojos.

–No.

Pero entonces ella lo abrazó y lo apretó con fuerza. Jake quería apartarse, pero no pudo hacerlo. Entrelazó los dedos con los de ella y sintió su cara apoyada en la espalda.

–No quiero que te compadezcas de mí. No te atrevas a compadecerme.

–No te estoy compadeciendo.

Pero tampoco lo había soltado, no lo había apartado de sí.

Jake se resistió todo el tiempo que pudo, pero sentía que algo había cambiado en su interior. Finalmente se dio media vuelta entre sus brazos, cerró los ojos y apoyó la cara entre su cuello y su hombro, empapándose del aroma a gardenia que ya siempre le recordaría a ella.

Era curioso que la suavidad de su piel le hiciera sentirse tan fuerte. Entonces levantó la cabeza y la miró a los ojos.

No había lástima en ellos, sólo preocupación.

Y por fin tuvo la fuerza necesaria para hablar de ello.

Capítulo Once

–Esos dos años sabáticos que me tomé... en realidad no fueron sabáticos.

Una vez que Jake consiguió dar ese primer paso le resultó sorprendentemente fácil seguir hablando. Lydia seguía abrazándolo, para que supiera que estaba a su lado y no iba a irse a ninguna parte.

Sin apenas una pausa, le contó que, con sólo veintiocho años, se había encontrado un bulto al que no le había dado ninguna importancia, pero cuando finalmente había dejado a un lado el trabajo y se había decidido ir al médico, se había arrepentido de no haber ido antes.

–¿Cáncer? –le preguntó Lydia con suavidad.

Jake asintió. Odiaba aquella palabra y el modo en que la enfermedad le había cambiado la vida inesperadamente. Después de la operación y la radioterapia, el último informe del médico había sido bastante bueno.

–Pero todo eso ha cambiado un poco mi vida –admitió–. Digamos que esta semana no habría sido necesario que utilizáramos preservativo –al ver la reacción de Lydia se apresuró a continuar–: Ya me he hecho a la idea de que no puedo tener hijos y estoy bien. Me gusta mi trabajo, por mucho que a mi madre le preocupe que pueda recaer por culpa del cansancio.

–Pero si bajas el ritmo, tendrías tiempo para pensar y lamentarte –adivinó ella.

–¿A ti también te pasa?

–Sí, pero ahora ya sé lo que voy a hacer con mi vida. ¿Tú?

–He tenido dieciocho meses para hacerme a la idea y estoy bien.

–Vuelves a encerrarte en ti mismo. Se suponía que esta semana era para ayudarnos mutuamente. Tú me has ayudado a mí, pero no dejas que yo haga lo mismo.

–Me has ayudado más de lo que crees. He conseguido disfrutar de un descanso que necesitaba.

–¿Eso es todo?

–Sí, mañana volvemos a Inglaterra, tú empezarás con tu nueva vida y yo volveré a dirigir Andersen Marine –se inclinó a darle un beso–. Lydia, ya he hablado suficiente. ¿Qué te parece si volvemos a la otra parte del trato, al sexo?

Eso era lo que había sido aquella semana para él.

Descanso y sexo.

Jake había dejado muy claro que no quería nada más. Por más que le hubiera contado cosas tan íntimas y tan importantes para él, era evidente que no estaba preparado para nada más, para considerar siquiera la posibilidad de que lo suyo podría tener algún futuro. Y eso resultaba terriblemente doloroso para Lydia.

Una vez más, no era suficiente para alguien.

Pero aquélla era su última noche y no iba a estropearla lamentándose. Iba a aprovecharla al máximo, disfrutaría de todo lo que él pudiera darle sin pensar en que deseaba mucho más.

Así pues, se puso de puntillas y lo besó. Entonces

él le tomó la mano con una ternura que casi le rompió el corazón y la llevó a la cama, donde la desnudó lentamente y dejó que ella hiciera lo mismo con él.

Se acariciaron y besaron hasta que ambos estaban temblando por culpa de la excitación. Jake dio el siguiente paso, pero entonces Lydia le puso la mano en la mejilla y en lugar de decirle que lo amaba, que era lo que realmente sentía, se resignó y decidió disfrutar al máximo de aquel adiós.

–¿Qué ocurre? –le preguntó él–. ¿Quieres que lo dejemos?

–No –¿cómo podía decírselo sin que sonara mal–. Ninguno de los dos vamos por ahí acostándonos con desconocidos, así que… no es necesario que utilicemos preservativos –le acarició los labios con la yema del dedo–. No quiero que haya nada entre tú y yo.

–¿Estás segura?

–Totalmente –susurró.

–Lydia Sheridan, eres una mujer increíble.

Volvió a besarla y, además de deseo, Lydia percibió una dulzura que no supo cómo interpretar.

Jake se sumergió en su cuerpo por última vez y ella cerró los ojos para no derramar una sola lágrima. Lo rodeó con las piernas. Era la última vez que hacían el amor, la última vez que él la tocaba. Ya no volvería a llamarla *elskling*» o «*min kjære*.

Al alcanzar el clímax, Lydia no pudo contenerse más y dejó que una sola lágrima cayera de sus ojos.

A la mañana siguiente, Jake miró a Lydia y se sintió terriblemente culpable. Tenía muy mala cara y era culpa suya. No había sido del todo sincero, pero tampoco podía decirle que había cambiado de opinión, que quería algo más que una semana con ella. Creía habérselo demostrado ya al llevarla a casa de sus abuelos, sin duda una mujer tan inteligente como ella se había dado cuenta de lo que significaba aquella visita.

Pero no podía ser tan egoísta. Debía pensar también en ella, en que estaba empezando una nueva vida y en que él no tenía nada que ofrecerle excepto la carga de estar con un hombre que no podía tener hijos y que en cualquier momento podía caer enfermo.

No, debía dejarla marchar y desearle que encontrara alguien que la mereciera.

Y debía hacerlo de la manera menos dolorosa posible; ocultando sus sentimientos y fingiendo que todo iba bien.

–¿Quieres ducharte tú primero? –le dijo después de darle los buenos días. No se atrevía a ducharse con ella, pues sabía que, si volvían a hacer el amor, quizá no pudiera separarse de ella.

–No tiene por qué ser así, Jake.

–¿Qué quieres decir?

–Que no tiene por qué ser sólo una semana –dijo, mirándolo fijamente–. Podríamos hacer que esto funcionara.

–Sabes perfectamente que no es posible.

–Piénsalo así, Jake. Lo normal es que el cáncer no vuelva a aparecer y que sigas vivo muchos años. Pero si no es así, ¿no sería mejor… –titubeó antes de decir la siguiente palabra– morir sabiendo que has hecho feliz a mucha gente? ¿No te gustaría que la gente que te quiere te recuerde con una sonrisa en los labios, en lugar de lamentarse por no haber intentado traspasar esas barreras que levantas a tu alrededor?

Qué fácil sería creer todo eso. Jake deseaba creerlo, pero sabía que no era cierto. Había visto lo que le había ocurrido a Grace por culpa de su enfermedad; había dejado de ser una mujer alegre y extrovertida y se había vuelto seria y taciturna.

Lydia era ya de por sí una persona frágil que llevaba años tratando de satisfacer a sus padres, sin recibir nunca una señal de agradecimiento. ¿Cómo podría soportar tan pesada carga? Tenía que hacerlo por su bien, tenía que decirle que no.

–Creo que te prefiero como artista. Cuando dibujas en lugar de hablar tanto.

–¿Ni siquiera vas a considerar la idea?

–Confía en mí, Lydia.

–¿Y por qué no confías tú en mí?

–Porque arriesgamos mucho –debía ser sincero con ella, al menos le debía eso–. Sí, podríamos tener una relación. Eres la única mujer que ha hecho que pensara siquiera en tal posibilidad. Pero no puede ser –respiró hondo para reunir fuerzas y continuó–: Cada día me odiaría más por estar arruinándote la vida. No puedo darte hijos, ni un futuro. No sería justo.

Lydia se apoyó en un codo para mirarlo de frente.

–Hay otras maneras de tener hijos. Podríamos adoptar, o probar con la fecundación in vitro, por mencionar sólo dos opciones. No digo que vaya a ser fácil, pero estarás de acuerdo en que hay otras posibilidades.

–No es negociable, Lydia.

–¿Por qué estás siendo tan testarudo, Jake?

¿De verdad no se daba cuenta?

–Porque si fuera al contrario, perderte sería como perder una parte de mí mismo.

133

–Pero si lo hacemos a tu modo, nunca podré tenerte siquiera.

Era mejor así.

–Acordamos que sería sólo una semana, al margen de nuestra vida normal.

–¿Y si yo quiero algo más que eso?

–Pero ¿y si yo no? –Jake sabía que estaba mintiendo y, al ver el gesto de dolor de Lydia, se odió a sí mismo por hacerle daño. Pero tenía que ser cruel para hacer lo que debía.

–Entonces supongo que no hay mucho más que decir.

Se dio media vuelta y Jake supo que tenía lágrimas en los ojos, unas lágrimas que él había provocado por haberse enamorado de ella y permitir que ella se enamorara de él. Pero debía darle la oportunidad de que encontrara la felicidad en otra parte, con alguien que tuviera más futuro que él.

Era lo mejor.

El vuelo de vuelta a Londres fue el peor que Lydia había sufrido en su vida. Estaba furiosa con Jake y consigo misma, por haber dejado que le rompieran el corazón una vez más, pero había vuelto a enamorarse de un hombre que la había rechazado. Qué estúpida.

–Bueno, será mejor que me vaya –anunció una vez recogieron el equipaje–. Tengo cosas que hacer –nada importante, nada que no hubiera dejado de inmediato para estar con él–. El lunes por la mañana tendrás la carta sobre tu mesa.

–¿Qué carta?

–La de dimisión –le recordó–. Con fecha de la semana pasada, como acordamos. Eso quiere decir que trabajaré en Andersen hasta el miércoles, así habré cumplido con las dos semanas estipuladas por ley –añadió en el tono más profesional.

Jake la miró y por un instante Lydia creyó que estaba sorprendido, incluso molesto. Pero enseguida ocultó cualquier atisbo de emoción y le dijo que se pusiera de acuerdo con el departamento de Recursos Humanos. Y Lydia se dio cuenta de que aún le quedaba un trozo de corazón por romper.

Y no podía hacer nada por evitarlo.

–Muy bien, gracias –le tendió la mano–. Adiós, Jack.

Él le tomó la mano y se la estrechó fugazmente.

Lydia se dio prisa para ser la primera en alejarse.

Capítulo Doce

Lydia llegó al trabajo el lunes por la mañana, dejó la carta de dimisión a la secretaria de Jake y se dispuso a afrontar un día aciago en el que esperaba no tener que verlo.

Al final del día no sabía si alegrarse o sentirse decepcionada de que se hubiesen cumplido sus deseos y ni siquiera hubiese oído el nombre de Jake en todo el día. Pero esa noche recibió un mensaje suyo en el que tan sólo se leía: *¿Estás bien?*

No, no lo estaba, pero no pensaba admitirlo. Además, tampoco se lo había preguntado personalmente, así que Lydia se limitó a responderle: *Bien, gracias. Todo bien con Recursos Humanos.*

Tampoco apareció por la oficina los siguientes dos días. Lydia no preguntó por él, pero se enteró de que estaba de viaje de negocios. Ella también tenía muchas cosas que hacer, empezando por pintar el retrato que les había prometido a sus padres.

Fue lo primero que hizo, a pesar de que cada pincelada que daba hacía que le echara de menos un poco más.

Jake trabajó en la habitación del hotel el miércoles por la noche hasta que comenzó a ver borroso. Después cerró el ordenador y se quedó pensando.

136

Se suponía que iba a serle más fácil estando fuera de la oficina, donde no corría el riesgo de encontrarse con ella. Pero no verla estaba siendo aún peor.

Quizá tuviera razón, quizá estaba siendo demasiado testarudo al empeñarse en apartarla de su lado. Quizá fuera mejor añorar a alguien teniendo buenos recuerdos a su lado que arrepintiéndose de no haber estado con él.

Después de pensar durante horas, agarró el teléfono con la idea de llamarla, pero se dio cuenta de pronto de que eran las dos de la mañana; quizá no fuera el mejor momento para hablar con ella. En lugar de llamarla, le envió un mensaje de texto:

Lydia, tenías razón y yo estaba equivocado. Lo siento. Tenemos que hablar. ¿Podemos cenar juntos el viernes?

Sólo esperaba que no fuera tan testaruda como él.

A la mañana siguiente aprovechó un descanso de una reunión para ir a ver a un diseñador de joyas y pedirle algo muy concreto, algo con lo que pretendía demostrarle a Lydia que realmente lo sentía.

Miró el reloj cada media hora, pero nada, ni una palabra de ella, ni siquiera para rechazarlo. Era extraño.

Tendría que tener paciencia y esperar hasta estar de nuevo en Londres para hablar con ella cara a cara.

El problema fue que cuando llegó el viernes por la mañana descubrió que Matt la había enviado al sur para encargarse de un contrato que estaba dando problemas.

Muy bien. El sábado iría a verla a su apartamento, armado con unas flores y una disculpa.

Pero a media mañana recibió una llamada de teléfono de su madre que lo obligó a dejarlo todo y tomar el primer avión con rumbo a Trondheim.

—Te ocurre algo —le dijo Polly a Lydia por tercera vez—. He hablado con Emma y está de acuerdo conmigo y no me digas con que estás ocupada hablando con las galerías —se apresuró a decir para evitar recibir más excusas—. ¿Has hablado con tus padres?

—¿Desde la discusión del otro día? No —respondió Lydia y se encogió de hombros—. Pero no pienso echarme atrás, ya no necesito su aprobación. Sé que he tomado la decisión correcta y, si no pueden aceptarlo, es problema suyo. No puedo evitar ser mujer.

—¿Qué tiene que ver que seas mujer con el enfado de tus padres? —preguntó su madrina, sin comprender nada.

—Lo sabes tan bien como yo. Siempre he sido una decepción para mis padres, desde que nací y se dieron cuando de que no era el hijo que esperaban. He estado años intentando ser algo que no soy para que estuvieran contentos, pero no lo he conseguido. Yo soy como soy, Polly, y mis padres van a tener que aceptarme.

—¿Crees que tus padres querían tener un hijo? —Polly se mordió el labio inferior y meneó la cabeza—. Le dije a tu madre que tenía que ser sincera contigo.

—¿Respecto a qué?

—No soy yo quien debo decírtelo. Pero tienes que hablar con ella.

—Si ni siquiera me habla.

—Ya lo sé, mi amor —dijo, con evidente frustración—.

Vas a tener que dar el primer paso. Necesitáis mantener esa conversación. Dile lo mismo que me has dicho a mí y, si no te lo cuenta, pregúntale por Daniel.

–¿Quién es Daniel?

–Ya te he dicho más de lo que debía –Polly se acercó a darle un abrazo–. Pero soy tu madrina y debo ayudarte en todo lo que pueda. Sobre todo si te veo tan triste como estás ahora.

–Estoy bien. Por fin voy a dedicarme a lo que quiero.

–No me refiero a eso. Sé que hay un hombre, tienes la misma cara que tenías después de lo de Robbie.

–No quiero hablar de eso.

–El no hablar de las cosas ocasiona muchos problemas, sólo tienes que mirar a tu madre. No cometas el mismo error.

Lydia no pudo resistirse por más tiempo y le contó a su madrina lo ocurrido con Jake, incluida la visita a sus abuelos.

–¿Te llevó a ver a sus abuelos?

–Pero me presentó como una compañera de trabajo.

–Es increíble que siendo tan inteligente no te des cuenta de ciertas cosas. ¿Qué querías que dijera? ¿Os presento a una mujer con la que estoy teniendo una aventura? Es evidente que, estando tan unido a su familia como está, no te habría llevado a no ser que te considerara alguien muy especial. En cuanto vean el retrato que le has hecho a su nieto lo llamarán, y él te llamará a ti.

–¿Y si no lo hace?

–Entonces tendrás que llamarlo tú –le dijo, dándole unas palmaditas en el hombro–. Y, por si no lo sabes, Emma y yo no dejaremos de insistir hasta que lo hagas.

139

***

Jake no iba a poder volver a Inglaterra en los próximos días. Debía estar junto a su abuela hasta que Per saliera del hospital o al menos hasta que les aseguraran que estaba fuera de peligro. Pero eso quería decir que no estaría en Londres para la despedida de Lydia de la empresa. Su abuela lo necesitaba más en aquellos momentos, pero sabía que Lydia lo comprendería… si le daba oportunidad de explicárselo.

Pasó aquellos días yendo a ver a su abuelo al hospital, encargándose de que Astrid se cuidaba como debía y con el resto de su familia noruega, incluyendo los niños. Después de estar evitándolos durante dieciocho meses, estaba haciéndole muy bien estar con todos ellos.

El jueves por la noche, al volver del hospital, una vecina fue a entregarles un paquete que le habían dejado para ellos.

Sabía que Lydia había prometido hacerles un retrato suyo, pero Jake no esperaba que fuera a cumplir su promesa después de lo sucedido, y menos tan rápido. Pero lo que realmente le llamó la atención fue la pose que tenía en la imagen. Tenía la mirada perdida en el infinito y un gesto ensoñador.

Era la imagen de un hombre enamorado.

Pintada por alguien que sentía exactamente lo mismo. Por alguien que lo amaba.

Quizá aún hubiese esperanza.

—Es una maravilla —dijo Astrid, emocionada—. Tienes que darle las gracias por mí, Jake.

–Lo haré en persona –en cuanto llegara a Inglaterra, iría a ver a Lydia.

El viernes por la mañana, Lydia fue a ver a su madre a su despacho.

–¿Has recuperado el sentido común? –le preguntó su madre al verla vestida con un traje de chaqueta–. Me alegro y estaré encantada de ayudarte a buscar trabajo.

–No estoy buscando trabajo –se apresuró a decir Lydia, impaciente por ir al grano–. Llevo toda la vida tratando de teneros contentos y no ha funcionado. Sé que no me perdonáis que no sea Daniel, pero…

–¿Qué has dicho? –su madre se había quedado blanca de pronto–. ¿Qué sabes tú de Daniel? ¿Te lo ha contado Polly?

–Polly no me ha contado nada, pero he deducido que fue mi hermano. No sé si nació antes o después que yo, o si murió al nacer, lo que sí sé es que papá se ha pasado la vida deseando que no hubiera muerto… Que hubiera muerto yo en su lugar.

Ruth cerró los ojos y se dejó caer sobre su silla.

–Lydia, Daniel no era tu hermano.

–¿Entonces?

–Daniel era tu padre –afirmó con pesar.

No podía creerlo. Era imposible. Pero su madre le confirmó que Edward Sheridan no era su padre biológico. Después de muchas preguntas consiguió que su madre le contara la historia, aunque sin demasiados detalles.

Su madre y Daniel habían sido novios antes de que ella conociera a Edward y habían estado tremendamente enamorados, pero Daniel se había marchado a París y no había vuelto. Completamente desengañada, Ruth había acabado casándose con Edward, pero era evidente que nunca había olvidado a Daniel, y cuando él había aparecido años después, habían retomado el romance. Ruth había decidido dejar a Edward, pero Daniel había muerto en un accidente de coche y, un mes después de su muerte, Ruth había descubierto que estaba embarazada de Lydia.

Por más que Edward hubiese aceptado criarla como si fuera su hija, ahora comprendía la frialdad con la que la había tratado; siempre había sido un recordatorio de la traición de su madre, una traición que ninguno de los dos había superado jamás.

Lydia no recordaba haber visto nunca una muestra de afecto entre sus padres y no comprendía por qué su… Edward había accedido a criarla. Quizá porque, como le contó también su madre, él no podía tener hijos. Lo que quería decir que ella había sido para él el símbolo de una traición y el recuerdo constante de lo que nunca podría darle a su mujer y le había dado otro.

—Nunca me vio como a una hija —concluyó Lydia con profundo dolor.

Y su madre no le dijo lo contrario.

De pronto se dio cuenta de que tenía otra familia en algún lugar, unas personas que ni siquiera sabían de su existencia, porque su madre nunca les había dicho nada a los padres de Daniel.

—Puede que ellos me hubiesen aceptado tal como soy —dijo—. Hay algo que aún no entiendo. ¿Por qué estabais tan en contra de que me dedicara a la pintura? ¿Tiene algo que ver con Daniel?

Ruth asintió una sola vez.

–Él era artista.

No le dio más detalles, claro que tampoco Lydia los esperaba de ella. Ya se lo preguntaría a Polly. Al menos ahora sabía el motivo por el que Edward Sheridan se había enfadado tanto con ella al saber que quería dedicarse al arte. Había querido seguir los pasos de su verdadero padre, lo que habría sido como restregar sal en su herida.

Se fue de allí sin decir nada más y pasó el resto del día en la Tate Gallery, donde iba siempre que se sentía perdida. Esa vez sentía que toda su vida se había derrumbado. Nada tenía sentido.

Cuando un empleado le dijo que iban a cerrar, salió de la galería y se quedó sin saber qué hacer. No quería volver a casa, así que encendió el teléfono móvil y llamó a Polly.

Resultó que había estado llamándola toda la tarde para ver qué tal había ido todo e insistió en que fuera a verla.

Ella le contó algo más sobre Daniel, incluso le dijo que el cuadro que tenía sobre la chimenea lo había pintado él. A Lydia siempre le había gustado aquel paisaje londinense.

–Es como si de pronto no supiera quién soy –confesó Lydia, refugiándose en los brazos de su madrina.

–Yo te diré quién eres. Eres Lydia Sheridan, una mujer buena, inteligente y hermosa que pinta como un ángel. Y yo estoy muy orgullosa de ti.

–Pol, a veces desearía que fueras mi madre.

–Sí. Yo también –murmuró Polly, con lágrimas en los ojos, igual que Lydia–. Me da miedo preguntártelo, pero ¿te ha llamado Jake?

–No. Ni siquiera vino a mi despedida de la empresa –lo cual era muy extraño.

–¿Has preguntado a alguien?

–No.

–No cometas los mismos errores que tu madre –volvió a decirle–. No pasa nada si tienes que llamarlo tú. El orgullo no es ninguna virtud. Habla con él y soluciona las cosas –le puso un plato de espaguetis delante y le acarició la cabeza–. Vas a ver como todo parece mejor por la mañana.

Lydia no estaba tan segura de eso, pero trató de creerlo.

Capítulo Trece

–¿Quién es? –preguntó Lydia por el telefonillo.

–Jake –no parecía que fuera un buen momento, a juzgar por su voz, pero ya había esperado demasiado y necesitaba verla desesperadamente–. Tengo que hablar contigo. Sólo te pido diez minutos, después me iré si tú quieres.

Hubo una pausa tan larga que Jake pensó que iba a decirle que no, pero entonces le dejó entrar.

Cuando llegó a su piso, la encontró esperándolo en el descansillo. Estaba más bella que nunca, aunque parecía preocupada y, precisamente por eso, Jake sintió la necesidad de abrazarla. Pero no lo hizo. Se limitó a darle las rosas que llevaba en la mano.

–No son lo que yo quería traerte, pero es lo único que he podido encontrar en el aeropuerto –se disculpó–. Necesitaba verte, Lydia.

–Pasa y gracias por las flores.

–Siento no haber ido a tu despedida.

–No importa.

Era evidente que sí que importaba.

–Tuve que ir a Noruega. Mi abuelo tuvo un ataque al corazón.

–No. ¿Está bien?

–Sí, nos ha dado un buen susto, pero ya está mejor. Les encantó el cuadro y me han pedido que te diera las gracias –una vez dicho eso, respiró hondo–. Ha sido

145

una locura de semana. Nada ha salido como yo pensaba. Tenía intención de verte el viernes para averiguar por qué no habías querido cenar conmigo.

–No me lo pediste.

–Claro que sí. Te mandé un mensaje de texto; eran las dos de la mañana y no podía llamarte.

–No he recibido ningún mensaje.

Jake cerró los ojos y suspiró con alivio.

–Pensé que estabas demasiado enfadada como para responder –suspiró antes de continuar–. En pocas palabras, te pedía disculpas, te decía que tenías razón y yo estaba equivocado y te pedía que cenaras conmigo el viernes. Habría tenido que anular la cita, pero bueno –el rostro de Lydia reflejaba la incomprensión absoluta–. Siempre admito cuando me equivoco –aseguró–. Lo que ocurre es que no me equivoco a menudo. Pero sí, esta vez estaba completamente equivocado. No me di cuenta hasta la semana pasada, cuando vi lo preocupada que estaba mi abuela por mi abuelo y de pronto entendí que el dolor que sentía no era nada comparado con lo feliz que había sido con él. También me ayudó pasar mucho tiempo con los niños.

–¿Estuviste con los niños?

–Alguien tenía que entretenerlos mientras sus padres iban a visitar a *farfar* –hizo una pausa para mirarla a los ojos y sonreír–. Sé que he metido la pata, pero el retrato que me hiciste me hizo albergar esperanzas. Es la imagen de un hombre enamorado y, espero, que hayas sabido verlo a pesar de todos los obstáculos que te he puesto porque tú sientes lo mismo –tenía que arriesgarse y pronunciar aquellas palabras que le aterraban–. Te quiero, Lydia. Te quiero y quiero tener una familia contigo. Quiero vivir y llegar a conocer a mis nietos.

–¿Me quieres? –parecía como si no pudiera creerlo.

Era comprensible después de cómo la había rechazado en Noruega.

–Desesperadamente. Y para siempre. Tenías razón, estaba siendo muy testarudo, aunque pretendiese ser noble contigo. No he sido justo y lo siento. Sé que es mucho pedir, pero ¿me darías otra oportunidad?

En lugar de responder, Lydia se acercó a él y lo abrazó.

–Hueles de maravilla. A gardenias y a pintura.

–¡Lo había olvidado! Estoy llena de pintura –dijo, horrorizada–. Voy a estropearte toda la ropa.

–No me importa. Sólo quiero abrazarte –apoyó la mejilla en su hombro–. Te he echado de menos. Estas dos semanas han sido una pesadilla. Al principio traté de evitarte porque pensé que sería más fácil si no te veía, pero enseguida me di cuenta de que no soportaba estar sin ti y decidí arreglarlo cuanto antes. Fue entonces cuando me llamaron de Noruega y tuve que irme.

–Hiciste lo que debías. Tus abuelos te necesitaban y yo podía esperar –hizo una pausa–. Aunque podrías haberme llamado.

–No, tenía que decírtelo personalmente. Para que pudieras verme los ojos y supieras que estaba siendo completamente sincero. Te amo, Lydia. *Jeg elsker deg.* Eso sólo se lo diría a alguien a quien le he entregado el corazón.

***

«Te amo».

Jamás habría creído que oiría esas palabras de boca de Jake.

Unas palabras que ella misma no se había atrevido a pronunciar por orgullo.

—Yo a ti también te amo —dijo por fin.

—¿De verdad?

—Cuanto más te conocía en Noruega, más me enamoraba de ti. Aunque creas que siempre tienes razón y te empeñes en apartar a la gente de tu lado.

—Siento haberte hecho daño. No sé si el cáncer volverá a aparecer y, en tal caso, si podrán tratarlo. No puedo ofrecerte ninguna certeza sobre el futuro.

—Ni tú ni nadie. Todos podemos morir en cualquier momento.

—Pero sigue siendo algo difícil de aceptar. Grace no pudo hacerlo.

—Pensé que habías sido tú el que habías roto con ella.

—Porque ella no se atrevió a hacerlo. Tenía miedo y no supo afrontar el tema de la enfermedad.

—Debería haber estado a tu lado, eso es lo que se hace cuando se ama a alguien —entonces se dio cuenta de que fue lo mismo que le había pasado a ella con Robbie, no la había amado lo suficiente.

—Supongo que es eso, *min kjære*, no me quería lo suficiente —dijo, como si hubiese leído sus pensamientos—. Pero no me di cuenta de que tú no eras Grace.

—Ni yo me di cuenta de que tú no eras Robbie.

—¿Robbie?

Le contó aquella sórdida historia y él comprendió de inmediato lo duro que debía de haber sido para ella. Y, cuando Jake se lo preguntó, admitió que no se lo había contado antes porque se avergonzaba de ello.

–No tienes nada de que avergonzarte… Espera un momento. ¿Pensabas que Robbie te había traicionado porque no eras lo bastante buena para él? –una simple mirada bastó para que supiera que había acertado–. Escúchame, Lydia. Robbie no supo apreciar todo lo que vales, como tampoco han sabido hacerlo tus padres. Eras muy buena abogada, pero vas a ser una artista aún mejor, porque pones toda la pasión en las cosas que pintas –la miró a los ojos antes de añadir–: Yo creo en ti.

Algo se iluminó en su interior y la llenó de fuerzas.

–Yo también creo en ti, Jake. Puede que no vivamos tantos años juntos como tus abuelos, pero estoy dispuesta a asumir el riesgo. Quiero disfrutar cada segundo que nos quede de estar juntos.

–¿Te das cuenta de que probablemente no pueda darte un hijo?

–Podemos probar todas las opciones, pero eso es algo que decidiremos juntos y con tranquilidad. Además, no sé si seré buena madre –admitió entonces.

–¿Por qué demonios dices eso?

–Tú creciste sabiendo que tus padres te querían, yo no.

–Sí que te quieren, sólo que no saben demostrarlo.

–No lo sé, Jake.

Había llegado el momento de contarle lo que había descubierto sobre su verdadero padre.

–Dios mío, Lydia.

–Aún estoy haciéndome a la idea, pero creo que ahora los comprendo mejor. Entiendo lo que debía sentir mi padre y lo duro que debió de ser para él que quisiese ser artista. En cuanto a mi madre, supongo que no podía mirarme sin sentirse culpable y fue eso lo que hizo que siempre apoyase a mi padre. No me querían porque no sabían cómo hacerlo.

–Pero nada de eso era culpa tuya –volvió a estrecharla en sus brazos y la besó en los labios–. A partir de ahora, mi familia será la tuya y recibirás todo su amor. Te amo con todo mi corazón, Lydia Sheridan. Sé que no te ofrezco un futuro fácil, pero ¿quieres casarte conmigo?

–Sí –respondió sin dudarlo ni un segundo.

–De ahora en adelante, voy a hacer todo lo que esté en mi mano para hacer realidad todos tus sueños. Quizá no pueda conseguirlo todo, pero te prometo que siempre estaré a tu lado.

Tres días después, Jake estaba junto a Lydia frente a la tumba de Daniel. Polly les había dado la información necesaria para encontrarla y Lydia pudo desahogarse.

–Siento no haber venido antes, pero no sabía que existías –le dijo, aunque quizá fuera una locura hablarle a la tumba de un hombre al que no había conocido–. Polly dice que nos habríamos llevado bien y espero que te hubieses sentido orgulloso de mí.

Jake le apretó la mano mientras ella seguía hablando, hasta que se despidió, prometiendo que volvería. Luego no la obligó a hablar, sólo le propuso tomar un café y consiguió hacerla sonreír, pero Lydia se dio cuenta de que algo le preocupaba.

–¿Qué ocurre?

–Nada –aseguró él.

–Jake, prometiste dejar de decir que estás bien si no lo estás.

–Está bien. Al verte hablar con tu padre, no he podido evitar pensar que quizá alguna vez tengas que hacer lo mismo frente a mi tumba. Sé que es un poco tétrico.

Lydia le tomó la mano entre las suyas y se la besó.

–Es lógico que pienses esas cosas. Prefiero amarte el tiempo que sea posible, sea mucho o poco, que no estar contigo; eso sí sería insoportable.

–Lo siento, de vez en cuando el miedo vuelve a apoderarse de mí.

–Lo sé. Espero que nos quede mucho tiempo de estar juntos y, si no es así, espero tener muchos recuerdos que contarles a nuestros hijos sobre ti –dijo, con lágrimas en los ojos.

–Hablando de recuerdos –se sacó una caja del bolsillo.

Lydia la abrió y se quedó boquiabierta al encontrar una de esas pulseras con cuentas de cristal que había visto en Oslo. Pero aquélla era especial porque cada una de las cuentas simbolizaba algo que habían vivido juntos: un barco vikingo como los del museo, un sol de medianoche sobre oro, un trozo de iolita, una turquesa como la de la luz del hotel de hielo, un diminuto pino…

–No puedo creer que hayas pensado tanto en ello –murmuró Lydia entre lágrimas de alegría–. Nadie había dedicado nunca tanto esfuerzo en regalarme algo.

–Eso es porque te amo. Pero fíjate que aún queda espacio para poner más cuentas, porque nos quedan muchas cosas por vivir juntos.

Capítulo Catorce

–No podemos irnos todavía. ¡Todavía no hemos abierto el baile!

–Es la fiesta de nuestra boda, señora Andersen –replicó él, riéndose–. Podemos hacer lo que queramos.

Y había sido una boda perfecta. Lydia aún no podía creer que Jake hubiera podido preparar todo aquello en sólo dos meses. Polly había diseñado su vestido de novia y el de las dos damas de honor, Emma y la propia Polly. Astrid se había encargado de las flores y Jake de todo lo demás. No habían querido esperar para casarse y, como Per no podía volar, les pareció que lo más lógico era celebrar la boda en Noruega.

Lo único que le había preocupado a Lydia era que les había enviado una invitación a sus padres, pero no habían respondido.

El mismo día de la boda, Jake le había enviado una nueva cuenta para su pulsera, una con forma de rosa. Al subirse al coche que la llevaba a la iglesia, Lydia había encontrado otra en forma de trineo.

Pero aún le quedaban más sorpresas, pues cuando llegó a la iglesia, la esperaba alguien en la puerta.

–Estás preciosa y estoy muy orgulloso de que seas mi hija –le dijo Edward Sheridan, ofreciéndole su brazo para acompañarla al altar–. Te debo una disculpa. Sé que no es el momento y ya hablaremos tranquilamente de ello, pero tu madre y yo queremos que sepas que sentimos mucho haberte hecho tanto daño. Si me lo permites, sería un orgullo acompañarte al altar.

Lydia parpadeó para no derramar las lágrimas que se le agolpaban en los ojos.

—¿Qué es lo que os ha dicho Jake?

—Eso queda entre él y yo. Debo decirte que te quiere mucho y que, si eres feliz, yo también lo soy por ti.

—Soy muy feliz, papá.

Las puertas de la iglesia se abrieron y comenzó una emocionante ceremonia en la que ambos dijeron sus votos con firmeza y alegría, incluyendo el de «en la salud y en la enfermedad».

Pero ahora Jake quería que se escabulleran de la fiesta mientras los demás bailaban… y Lydia no pudo negárselo.

Lo que no esperaba era que la obligara a cambiarse de ropa y ponerse todas aquellas prendas térmicas, pero sabía que no serviría de nada hacer preguntas, así que se dejó llevar. Y supo que había hecho bien cuando, al bajar del coche, se encontró con un cielo en el que las nubes habían dejado lugar a unas luces que enseguida identificó.

Por fin compartían la aurora boreal. Era la culminación de un día perfecto.

—Jake, es maravilloso. Estás haciendo realidad todos mis sueños.

—Tú a mí me has devuelto los míos, Lyddie. Te amo con todo mi corazón.

Cuando volvieron al salón, el maestro de ceremonias anunció su llegada.

—Señoras y señores, el novio y la novia.

Y el lugar se llenó de champán, confeti y exclamaciones de alegría.

Epílogo

Dieciocho meses después

Jake dejó suavemente al bebé sobre el colchón y lo arropó.

–Dígame, señora Anderson, ¿cómo hemos podido hacer un bebé tan precioso?

–Quizá porque su padre tiene la boca más sexy del mundo y los ojos del color del verano del Ártico en verano.

–¿Y no tendrá algo que ver con que su madre sea la mujer más bella del universo? Además de una artista de talento, reconocido con un importante premio.

–Vamos, Jake, tampoco es un premio tan importante.

–Para mí, sí. Estoy muy orgulloso de ti. Dile, Edward Jakob Daniel Andersen –le dijo Jake a su hijo–, que los dos creemos que es estupenda.

El bebé respondió con un gorgorito y ambos se echaron a reír.

Aquel bebé había sido un milagro, fruto del amor y de la fe.

–Fuiste muy valiente durante todo el proceso de fecundación in vitro –recordó Jake, mirándola a los ojos.

Lydia se sentó en la cama junto a él y le pasó el brazo por la cintura.

–Porque lo deseaba tanto como tú.

En los últimos meses habían tenido momentos difíciles, como cuando les habían dicho que el primer ciclo del tratamiento de fecundación no había dado ningún resultado. Pero había habido otros muy buenos, como el del día anterior, cuando le habían dicho a Jake que la siguiente revisión la tenía dentro de dos años.

El padre de Lydia estaba muy orgulloso de que le hubieran puesto su nombre al bebé y Lydia no había querido confesarle que en realidad era la versión inglesa del nombre del pintor cuyo museo visitó junto a Jake y cuyo estilo siguió cuando lo retrató, momento en el que se había dado cuenta de que estaba enamorada de él.

Sus padres merecían otra oportunidad y se estaban esforzando mucho para compensarla por todos los errores que habían cometido con ella. Jake no le había contado lo que les había dicho, pero lo cierto era que desde el día de la boda, Edward y Ruth parecían haber empezado a valorar a Lydia tal y como era. Y también parecían más felices juntos. Lydia creía que, al ver lo que tenían los abuelos y los padres de Jake, se habían dado cuenta de que también ellos podrían tener algo así y habían dejado de castigarse mutuamente por el pasado. Era una lástima que no se hubieran dado cuenta antes.

–Si lo hubieran hecho –le dijo Jake cuando Lydia se lo dijo–, tú no habrías acabado trabajando en Andersen y puede que no nos hubiéramos conocido.

Lydia sintió un escalofrío.

–Eso habría sido terrible –dijo, exagerando–. Ahora vas a tener que compensarme por haberme asustado.

–Vaya, creo que ha llegado la hora de la siesta, pequeño.

Como si lo hubiera entendido, Edward comenzó a bostezar.

–Duerme bien, pequeño –le susurró Lydia, acariciándole la mejilla–. Y recuerda que tu mamá y tu papá te quieren con todo su corazón.

Mientras empezaban a sonar las primeras notas de la *Canción de cuna* de Brahms, Lydia puso en marcha el intercomunicador con el que podrían oír si se despertaba el bebé, y salieron juntos de la habitación.

Ya en el estudio, Lydia le quitó la camisa a su esposo y le acarició el pecho.

–Precioso, y todo mío –dijo con sonrisa pícara.

–Tú también eres preciosa y toda mía –respondió él, estrechándola en sus brazos–. Para siempre.

Deseo™

Más que una secretaria

LEANNE BANKS

Maddox Communications era su vida… hasta que permitió que una mujer se interpusiera entre él y su negocio. Brock Maddox había sido traicionado por su amante y secretaria, Elle Linton. Cuando al fin se enteró de su traición además descubrió que ella había estado ocultándole un gran secreto: estaba embarazada.

Brock se juró que no dejaría que nada más se escapara a su control y dispuso que Elle se casara con él. Sin embargo, Brock sabía que podía sucumbir en cualquier momento al atractivo de su encantadora esposa… si se atrevía a escuchar su corazón.

¿Qué decisión tomaría el importante hombre de negocios?

Acepte 2 de nuestras mejores novelas de amor GRATIS

¡Y reciba un regalo sorpresa!

Oferta especial de tiempo limitado

Rellene el cupón y envíelo a
Harlequin Reader Service®
3010 Walden Ave.
P.O. Box 1867
Buffalo, N.Y. 14240-1867

¡Sí! Por favor, envíenme 2 novelas de amor de Harlequin (1 Bianca® y 1 Deseo®) gratis, más el regalo sorpresa. Luego remítanme 4 novelas nuevas todos los meses, las cuales recibiré mucho antes de que aparezcan en librerías, y factúrenme al bajo precio de $3,24 cada una, más $0,25 por envío e impuesto de ventas, si corresponde*. Este es el precio total, y es un ahorro de casi el 20% sobre el precio de portada. !Una oferta excelente! Entiendo que el hecho de aceptar estos libros y el regalo no me obliga en forma alguna a la compra de libros adicionales. Y también que puedo devolver cualquier envío y cancelar en cualquier momento. Aún si decido no comprar ningún otro libro de Harlequin, los 2 libros gratis y el regalo sorpresa son míos para siempre.

416 LBN DU7N

Nombre y apellido	(Por favor, letra de molde)	
Dirección	Apartamento No.	
Ciudad	Estado	Zona postal

Esta oferta se limita a un pedido por hogar y no está disponible para los subscriptores actuales de Deseo® y Bianca®.
*Los términos y precios quedan sujetos a cambios sin aviso previo.
Impuestos de ventas aplican en N.Y.

SPN-03   ©2003 Harlequin Enterprises Limited

Bianca™

Nunca pensaron que aquella tormenta cambiaría sus vidas

Rescatada durante una terrible tormenta, la sensata y discreta Bridget se dejó seducir por el guapísimo extraño que le había salvado la vida. Pero ella no supo que su salvador era multimillonario y famosísimo hasta que leyó los titulares de un periódico.

El misterioso extraño no era otro que Adam Beaumont, heredero del imperio minero Beaumont. Ahora, Bridget tenía que encontrar las palabras, y el valor, para decirle que su relación había tenido consecuencias.

Hija de la tormenta

Lindsay Armstrong

Deseo™

El mejor premio

KATHERINE GARBERA

Nacido en medio del escándalo, criado en la aristocracia, Geoff Devonshire siempre había llevado una vida discreta. Pero la oportunidad de reclamar por fin sus derechos de nacimiento lo había puesto en el punto de mira... y en el camino de Amelia Munroe. La despreocupada y frívola Amelia era la última mujer que le convenía pero la única a la que quería en su cama.

Cuando los paparazzi descubrieron su ardiente romance, Geoff se enfrentó con una terrible decisión: darle la espalda a la oportunidad que siempre había deseado o perder al amor de su vida.

¿Descubriría el ilegítimo heredero que el amor era la mejor adquisición?